樂讀456 —— 057

神奇柑仔店1

帶來幸福的錢天堂

文 廣嶋玲子　圖 jyajya　譯 王蘊潔

目錄

恨恨麵包
恨恨麵包
人形燒 詛咒
遠足罐
超好吃喔
惡夢
惡夢 夢魘零食
惡夢 夢魘零食
黑道老大口味巧克力
螺旋麵包
抽獎 小點心

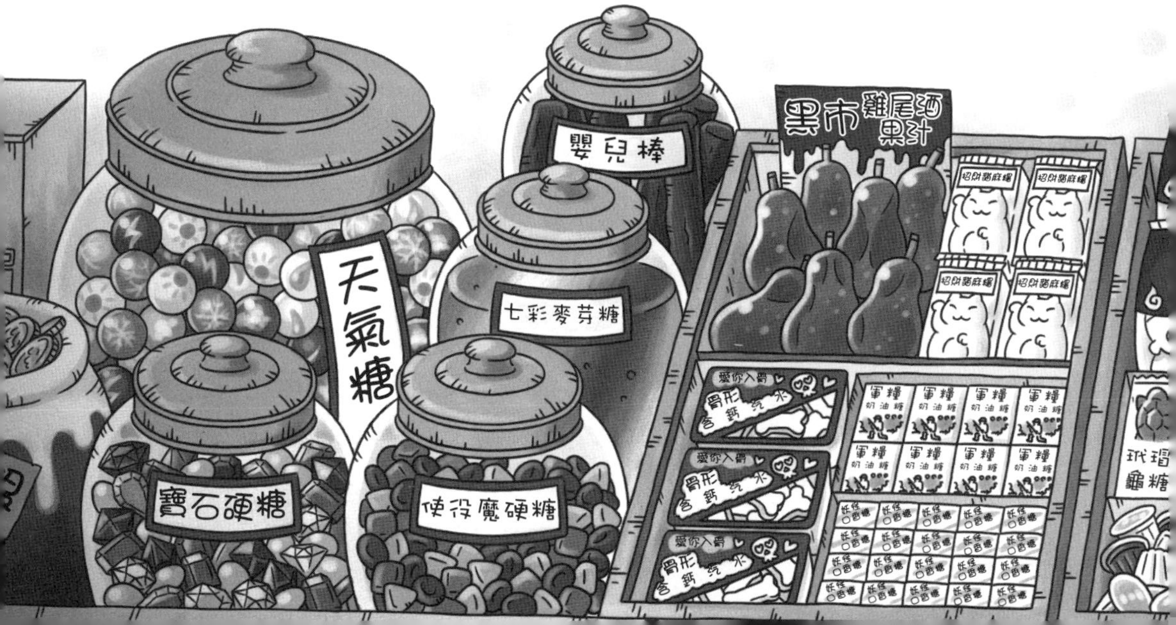
嬰兒棒
黑市
雞尾酒果汁
天氣糖
七彩麥芽糖
寶石硬糖
使役魔硬糖

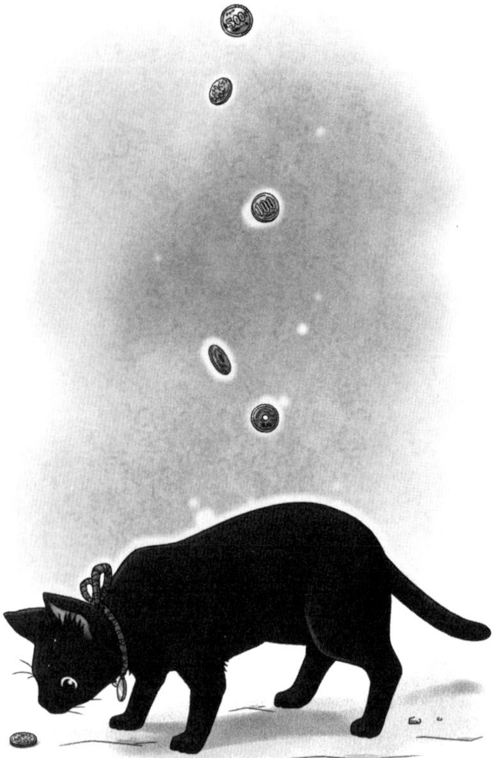

嘎啦嘎啦的聲音響起。那是八角形抽獎機轉動的聲音。

喀啦。一顆小鋼珠大小的小球掉了下來。那是一顆明亮的古銅色獎球，閃閃發亮的表面上刻著小字——「十：昭和四十二年」。

一隻手撿起了小球。

「今天的幸運寶物是昭和四十二年的十元硬幣，很好。希望客人帶著寶物上門。」小小的店內，響起了從容、愉悅的自言自語聲。

1 美人魚軟糖

真由美心情很鬱悶。因為從明天開始，體育課都是游泳課。

雖然是大熱天，但她光是想像要在游泳池游泳，就忍不住渾身冒冷汗。真由美是個旱鴨子，應該說，她怕水怕得要死。只要一跳進水裡，她就崩潰了。

冰冷的水會把我吞沒，我會像石頭一樣沉到水底，再也無法浮上水面。萬一我就這樣溺水死了，該怎麼辦！

每次一碰到水，她滿腦子就都是這些想法，然後拚命在水裡亂掙扎，喝了一肚子水，最後被老師救起來。

明天過後，大家又會看到自己出糗的樣子。唉，好煩喔！

還是請媽媽寫信給老師，說自己身體不舒服，不能游泳？但媽媽一定會罵自己：「怎麼可以逃避？你今年要好好加油，一定要學會游泳。」

如果自己會游泳，不知道該有多好。希望至少可以不怕水，只要不怕水，一定可以學會游泳。

她慢吞吞的走在回家路上，一心想著這些事。突然好像聽到有人在叫她，她抬起頭。

真由美正走在學校和住家間的商店街上。因為這條路是捷徑，而且她很喜歡熱鬧的感覺，所以每天放學都走這條路。商店街有哪些商店，她也全都知道——不，她以為她都知道。

但是，真由美這天發現了一家以前從來沒有見過的店。在可樂餅店和南北乾貨店之間的小巷裡，有一家柑仔店。那是一家賣糖果、零食、雜貨的小店。那家店緊貼著小巷的牆壁，好像故意躲起來，不讓經過商店街的人看到一樣，但是店門口卻又擺放著五彩繽紛的零食。

真由美偏著頭納悶的想著。怎麼會有這家柑仔店？這條路，她已經走過幾百次，從來沒有看過那家店。今天早上經過時，也完全沒有發現。搞不好是今天新開的。

雖然她試圖說服自己，但這家店看起來很老舊，感覺從很久很久以前就開始在這裡做生意了。

真由美覺得不大對勁，但還是想去看一下。於是，她走進小巷子。每走一步，就漸漸遠離熱鬧的商店街，真由美感覺到自己正慢慢被寂靜包圍，只不過她並不覺得有哪裡不對。因為這個時候，她滿腦子都被眼前這家柑仔店給占據了。

更何況柑仔店向來就有神奇的魅力，瓶子裡裝滿紅色、綠色等彩色鮮豔的果凍和軟糖，還有看起來不怎麼起眼的仙貝、鹽昆布和黑乎乎的花林糖都滿滿的擺放在那裡。

不過，真由美發現的那家名為錢天堂柑仔店內的商品完全不一樣。該怎麼說呢？這家柑仔店的商品雖然模仿了一般零食的樣子，但實際上卻完全不同。每一種零食似乎都在大聲說自己具有與眾不同的特殊力量，就連一小塊口香糖，也讓人感覺很特別。

仔細一看，會發現店內的商品名稱都很奇特。「貓眼糖」、「愛你入骨骨形含鈣汽水」、「軍糧奶油糖」、「黑市雞尾酒果汁」、「妖怪口香糖」、「銀幣巧克力」、「招財貓麻糬」、「七彩麥芽糖」、「發抖幽靈果凍」、「嬰兒棒」、「玳瑁龜糖」、「遠足罐」、「燕子蛋饅頭」、「蝙蝠仙貝」，還有很多很多。

真由美看到這麼多從來沒見過的零食，忍不住興奮起來。

哇，天啊，真是太好玩了！還有「抽獎小點心」、「恨恨麵包」？「黑道老大口味巧克力螺旋麵包」又是什麼？「阿拉伯一千零一夜風味」？哇，這到底是什麼啊？

真由美忘我的看著，這時，一個女人從店後方的暗處走了出來。

那個女人穿了一件深紫紅色古錢幣圖案的和服，身材圓滾滾的，有著相撲選手的氣勢。

一頭鬆鬆盤起的頭髮全都白了，但她看起來並不老，臉上完全沒有皺紋。不知道是否因為擦了鮮紅色口紅的關係，而且盤起的髮髻上插了好幾支五顏六色的玻璃珠髮簪，給人一種華麗的感覺，只不過看起來也不年輕了。

應該是個阿姨吧！真由美在心裡這麼認定。

那個阿姨笑著向真由美打招呼。她故作嫵媚的聲音，讓人聽了有點毛毛的。

「歡迎光臨，這裡是『錢天堂』，只有想要得到幸運的幸運兒才能找到這裡。我是紅子，一定能夠為幸運的客人實現他們的心願。」

阿姨說話的聲音像唱歌一樣，忽高忽低。她好像是這家店的老闆娘，名字叫紅子，但她說的話很奇怪。幸運？

真由美感到很困惑，老闆娘紅子目不轉睛的盯著她。

「你的願望是什麼？你想要解決什麼煩惱？」

她雖然開了口，但並不是在介紹零食。更奇怪的是，這句話打動了真由美。她毫不猶豫的回答了老闆娘紅子的問題。

「我想學會游泳。」

老闆娘紅子笑了笑。

「那麼，有一種零食很適合你，等我一下。」

老闆娘紅子從放滿零食的架上，拿出一個鉛筆盒大小的盒子，放在真由美的面前。盒子上面寫著「美人魚軟糖」，盒子前面畫著一條可愛的美人魚在海裡游泳。

真由美一看到盒子，就像被雷打到一樣，雙眼再也無法離開那個盒子。我想要這個。這盒軟糖屬於我。無論如何，我都要得到它。

「這、這個要多少錢？」

「十元。你應該有十元硬幣吧？」

真由美並沒有注意到老闆娘雙眼發出的妖媚光芒，急急忙忙從

銭天堂
蝙蝠仙貝

書包裡拿出鉛筆盒。真由美沒有手機，所以會在鉛筆盒內準備一些零錢，以便在緊急的時候打電話。找到了！剛好有十元！

她把十元交給老闆娘，老闆娘仔細檢查了硬幣，滿意的點了點頭。

「昭和（註）四十二年的十元，沒錯。謝謝你的寶物，這個美人魚軟糖是你的了。」

真由美緊緊抱著老闆娘交給她的盒子，沉浸在夢寐以求的幸福感中，整個人有點恍惚。老闆娘的聲音好像魔法般，在真由美的頭頂上響起。

「裡面有一張紙，先看清楚紙上的內容。知道了嗎？記得一定要看喔！」

「好。」

真由美恍恍惚惚的點了點頭，當她回過神時，已經回到家了。她以為剛才的一切都是夢，但卻發現自己手上正緊緊握著「美人魚軟糖」的盒子。

這不是夢！

她立刻打開盒子，裡頭有一小包裝在塑膠袋裡的粉末，還有一個稍微有點厚度的塑膠盒。塑膠盒上凹凸不平，剛好是美人魚的形狀。然後，還有一張摺起來的紙。打開一看，上面寫著製作軟糖的方法。

製作美人魚軟糖的方法：用四十ＣＣ的水將軟糖粉完全溶化，再倒入模型中。靜置一個小時，等軟糖凝固後，就可以從模型中取出食用。

除此以外，紙上還寫了很多內容，但真由美懶得再繼續讀下去。因為她想快點製作軟糖。

她衝進廚房，用量杯裝了四十ＣＣ的水，不多不少剛剛好，然後倒進容器裡，接著把軟糖粉全都倒進去，用湯匙攪拌。不一會兒，半透明的藍色糖液就做好了，糖液看起來很黏稠。

她把糖液倒進模型後，興奮的等待了一個小時，然後小心翼翼的把軟糖從模型中拿了出來。

那是漂亮的美人魚形狀。奇怪的是，美人魚的身體是白色的，魚的部分是藍色的，頭髮是醒目的綠色。剛才倒進模型的果汁明明只有藍色一種顏色，為什麼變成軟糖後會出現不同的顏色呢？

美人魚軟糖實在太漂亮了，真由美有點捨不得。一口咬下去太可惜了，所以她先舔了一下。

「哇，真好吃！」

這種軟糖超級好吃，除了帶有喝汽水時那種刺激感，還有像芒果一樣濃郁的味道。真由美再也無法克制，她忘了自己前一刻才覺得吃掉它很可惜，一下子就把美人魚軟糖吃掉了。

那天晚上，真由美夢見自己變成了美人魚，在又深又清澈的海裡游泳。

隔天，真由美覺得非常口渴。雖然已經喝了牛奶和水，但還是覺得口渴。因為實在太渴了，甚至忘記了即將要上游泳課的事。

體育課的時間到了，真由美換上泳衣，站在游泳池畔，很想馬上跳進水裡。對以前的真由美來說，微微晃動的水面很可怕，但今天她卻覺得是池水在溫柔的向她招手。

啊，等不及了——等不及先做暖身運動，再去沖水，然後才能下水。

真由美跳進了游泳池。當她撲通一聲跳入水中，強烈的口渴感覺立刻就消失了。水很涼爽，很安靜，感覺很舒服——就是這種感覺，自己一直想要體驗的就是這種感覺。

老師大聲呼喊著，跳進游泳池想要抓住真由美。但真由美就像條魚一樣，游來游去，不願意被老師抓住。咻咻、咻咻，她調皮的從老師身旁靈活的游過去，然後逃走，班上的同學個個都目瞪口呆——旱鴨子真由美竟然會游泳！

最後，幾個老師都決定放棄，不管真由美了。當其他同學練習踢水時，真由美盡情的在水裡游來游去，任何姿勢都難不倒她。不管是自由式、蛙式、蝶式，她在水裡游泳比在陸地走路、跑步更輕鬆。

體育課結束了，真由美心不甘、情不願的走出游泳池。一走出游泳池，立刻又再度感到口渴不已，而且這次比剛才更嚴重，感覺整個身體越來越乾。雖然其他同學都跑了過來，不停的稱讚她，但她完全聽不到。

啊，皮膚越來越乾燥，摸起來粗粗的，好不舒服。

午休的時候，她已經乾得無法忍受了，而且兩隻腳都很癢，讓她忍不住用力抓了起來。

喀哩。她聽到一個奇怪的聲音，好像有什麼東西掉在地上。

那是一片藍色薄薄的東西，看起來好像玻璃碎片，仔細看，很像魚鱗。

怎麼會有魚鱗？

真由美大吃一驚，立刻衝進廁所。為了不讓別人看到，她躲進小隔間，把裙子掀了起來。

「不會吧……」

她的大腿上長出了藍色的鱗，雖然只有一小部分，但在她低頭看的時候，魚鱗卻漸漸蔓延。

真由美慌忙想要剝掉。剛長出來的魚鱗還可以勉強剝下來，但更早之前長的魚鱗緊緊黏在皮膚上，完全剝不下來，只要稍微用力，就會痛得不得了。

慘了。怎麼辦？如果不趕快處理，大家都會看到我身上長了魚鱗。幸好午休時間快結束了，只能趁現在趕快逃回家。

不向老師請假就蹺課雖然很可怕，但現在她更怕別人看到她身上的魚鱗。她確認四下無人，立刻衝出廁所，穿越走廊，逃離了學校，然後一口氣跑回家裡。

幸好媽媽好像出門買菜了，不在家。真由美鬆了一口氣，她看著自己的腿，發現魚鱗已經長到膝蓋，而且身體感覺也越來越乾。她不但感到口乾舌燥，而且覺得身上的魚鱗正慢慢乾掉，很不舒服。

真由美穿著衣服跳進了裝滿水的浴缸，才終於舒服一點。她泡在水裡左思右想，為什麼會變成這樣呢？理由……只有一個。

是那個美人魚軟糖。吃了美人魚軟糖後，以前怕得要命的游泳，竟然完全不怕了；吃了美人魚軟糖後，竟然可以像魚一樣游泳。而且，吃了美人魚軟糖後自己才開始長魚鱗，還得泡在水裡才舒服。一定是美人魚軟糖惹的禍！

該怎麼辦呢？雖然真的很想學會游泳，但她根本不想長魚鱗。魚鱗已經長到腳踝了，繼續下去，搞不好腳趾之間會長出蹼來。不，腳掌可能會變成魚鰭。如果真的變成那樣，該怎麼辦？

她的眼淚忍不住撲簌簌的流了下來。

啊，盒子裡有一張紙，真由美心想，先看清楚紙上的內容好了。真由美抬了起頭。她想起來了。沒錯，柑仔店的老闆娘紅子當時曾經對她說，叫她要看清楚紙上的內容。也許上面寫了什麼解救

糖軟魚
糖軟魚人美
〈製作美人魚
軟糖的方法〉
軟糖粉
用四十CC的
軟糖凝
全溶化，倒
中取出
靜置一個小
後，就可以
食用。
〈注意事項〉
的方法
水40CC

方法。

真由美走出浴缸，渾身溼透的走回自己的房間，把原本放在抽屜裡的「美人魚軟糖」盒子拿了出來。她把盒子和模型都留下來做紀念，當然，說明書也保存得好好的。

真由美站在那裡仔細看著說明書的內容。然後發現在製作方法下面寫了之前沒看到的「注意事項」。

注意事項：吃完軟糖後，一定要記得喝一匙鹽水。否則身體可能會慢慢變成美人魚。

「啊啊，我就知道！」

怎麼辦？當時為什麼沒有好好看注意事項！

即使現在後悔也來不及了。真由美的眼淚嘩啦嘩啦的流了下來，但她發現注意事項還有後文，便急忙繼續看下去。

萬一忘了喝鹽水，並且已經出現美人魚化現象時，請使用盒內的人體模型做軟糖後食用。如果已經完全變成了美人魚，就無法發揮效果，敬請見諒。

「人體模型？有這種東西？」

真由美慌忙檢查模型的盒子，結果發現竟然有兩個模型疊在一起。她把兩個模型拆開，發現美人魚模型下面有一個人體模型。

就是這個！

但是，做軟糖的材料已經用完了。不不，不能輕言放棄。再仔細檢查一下，搞不好會像這個人體模型一樣，又有什麼新發現。

她仔細檢查，發現有一個小塑膠袋卡在盒子底部。裡面裝了軟糖粉。太棒了！

必須趕快行動才行。真由美去廚房調好軟糖果汁，然後倒進了模型。這次的果汁看起來白白的。接下來要等一個小時。但是，不能在這裡乾等。她的身體越來越乾燥，已經無法忍受了。

真由美決定把軟糖和鬧鐘拿進浴室，在浴室內等待。好不容易走到浴室時，兩隻腳已經慢慢變成了魚鰭，不要說走路了，連站著都很困難。

真由美泡在浴缸裡，靜靜等待一個小時。啊，兩隻腳漸漸黏了起來，好像真的要變成魚了。拜託，快一點、快一點。

她不時戳著軟糖，發現它慢慢凝固了。是不是可以吃了？不行不行，不能心急，搞不好會造成難以想像的後果。必須等到最後一分鐘。拜託，快一點凝固啊！

只差三分鐘就一個小時，這時真由美聽到大門打開的聲音。有人回家了！

「哇！這是怎麼回事！怎麼到處都是水啊！真由美？真由美，是你回家了嗎？」

真由美聽到媽媽的聲音，接著是腳步聲。媽媽看著地上的水漬，正朝浴室走來。

啊，慘了、慘了！

「真由美？你在泡澡嗎？」

哇，不行了！雖然還剩下一分鐘，但真由美再也忍不住了。她把軟糖從模型裡拔了出來。拔出來的軟糖是一個女孩的形狀，兩隻腳晃來晃去。真由美幾乎沒有咬，就直接整塊吞了下去。

咕嚕。

在她吞下去的同時，浴室的門打開了。媽媽探頭進來，一看到真由美，立刻瞪大了眼睛。

「你在幹麼？為什麼穿著衣服泡澡？」

「呃，因為很熱，我想泡冷水澡，覺得脫衣服太麻煩了。」

真由美小聲回答，然後縮著身體，以免媽媽看到她的腳。

媽媽瞪著她說：

「再怎麼熱，也不可以穿著衣服泡澡啊！真令人難以相信，快起來，趕快起來！」

真由美鼓起勇氣，走出浴缸，忍不住大吃一驚。身上的魚鱗消失了，兩隻腳也恢復了原狀。原來軟糖真的有效，雖然還差了一分鐘。

真由美大大的鬆了一口氣，淚水情不自禁流了出來。

「太、太好了！」

「一點都不好！怎麼回事啊？家裡全都是水？你好好解釋一下，為什麼把家裡弄得這麼溼！」

就連聽著媽媽大發雷霆的責罵聲，真由美也感到很高興。

真由美又恢復了人的樣子，但是，在下一堂游泳課時，她發現自己並沒有完全變回原來的樣子。

因為真由美竟然不怕水了。不僅不怕水，而且還稍微會游泳了。「美人魚軟糖」的效果似乎沒有完全消失，可能是因為人體軟糖凝固的時間還差那麼一點點的關係。

真由美很想知道，如果自己在吃軟糖之前，仔細看完注意事項，現在會是什麼結果呢。

但是，她無法再去買一盒「美人魚軟糖」回來試。因為她再也去不了錢天堂柑仔店了。

雖然她努力找了很久，卻始終找不到那家店。那條小巷子變成了普通的巷子，完全找不到那家店的蹤影，就連商店街的人也都說不知道那家店，也沒看過那家店。

真由美對錢天堂的消失感到失望，因為那家店裡有許多有趣的零食。

不知道其他人看到那家店，會買什麼零食？不知道那些零食又會展現什麼神奇的魔法？

真由美在走去游泳池的路上想著這些事。她現在覺得游泳是很開心的事，所以經常去游泳。

真由美這時候還不知道，自己以後會成為知名的游泳選手。

篠田真由美。十一歲的女孩。昭和四十二年的十元。

註：昭和為日本昭和天皇在位時使用的年號。使用時間為西元 1926 年 12 月 25 日至 1989 年 1 月 7 日。昭和四十二年為西元 1967 年。

2 猛獸餅乾

「後來啊，那個男人轉過頭，嘴巴流下鮮紅的血，又黏又稠，滴滴答答。男人咧嘴一笑說，這次輪到你了。然後把手伸向那個女孩。他最喜歡女孩的肉了，那個女孩想要逃走，但最後還是被抓住了，結果……」

「嗚哇啊啊啊啊！」

信也的鬼故事還沒說完，就被悽慘的哭聲打斷了。妹妹惠美大哭著衝出了房間，信也有點生氣。

「搞什麼嘛！接下來才是精采的地方。」

門外傳來媽媽斥責的聲音。

「信也！你又在欺負妹妹了！我不是說了好幾次，叫你別再欺負妹妹嗎？」

信也假裝沒聽到。他覺得很無奈，信也最喜歡可怕的故事，更喜歡說這些可怕的故事給妹妹聽。

信也看到膽小的惠美臉色越來越緊張，最後嚇得哭出來，就覺得實在太好玩了。因此即使被媽媽罵了好幾次，他還是樂此不疲。

雖然知道自己身為哥哥這樣很壞，但實在是太好玩了啊！

下次要說哪一個故事嚇她呢？嘻嘻嘻嘻。

隔天，媽媽叫兄妹兩人一起去商店街買東西，是要買晚餐吃的馬鈴薯沙拉和炸雞。媽媽說，買完之後，兄妹兩人可以各自買一個零食。

去買東西的路上，信也說了一個不大可怕的故事給惠美聽，惠美不想聽，試圖逃走，但在出門前，媽媽叮嚀惠美，路上都要和哥哥牽著手，所以惠美想逃也逃不了。看到妹妹眼眶含淚的樣子，信也好得意。

「你現在膽子越來越大了，好，下次我告訴你一個我們學校有個女生的故事。那個女生死了之後，變成幽靈。她只要看到自己喜歡的女生，就會追著那個女生，說要和她做朋友。你知道被她追上之後，會發生什麼事嗎？」

「不要再說了！我……我要回去告訴媽媽！」

「只要被那個幽靈女生抓住，她就會用冰冷的手掐住活著的女生的脖子……」

「我說我不想聽了，不要再說了！」

惠美突然掙脫了信也的手，摀著耳朵，逃進商店街旁的小巷子。

「喂，惠美！等等我！」

信也慌忙追了上去，然後大吃一驚。因為小巷深處有一家小小的柑仔店。

那家店掛著氣派的招牌，上面寫著「錢天堂」三個字，充滿懷舊的味道。因為巷子剛好被房子遮住了，所以感覺很昏暗，不過排放在店門口的零食閃閃發亮，好像在呼喚信也。

那裡似乎有什麼好東西。反正媽媽交代的東西已經買好了，去那裡買零食似乎也不錯。

仔細一看，發現惠美正準備走進柑仔店，似乎忘記要逃走了。

惠美這傢伙太自私了。

信也擔心妹妹搶先挑走了好東西，所以急急忙忙跑向柑仔店。

走進去一看，發現有一個高大的白頭髮阿姨，正熱心的和惠美說話。那個阿姨完全沒看信也一眼。

哼，我也是客人啊！不過這家柑仔店裡有好多有趣的零食呢！

哇，裝在那個大瓶子裡的糖果好像眼珠子。「貓眼糖」？啊哈哈，還真像啊！

咦？遠足罐？在火柴盒大小的長方形罐子裡裝了迷你點心嗎？

所以是迷你版便當嗎？如果裡面裝的東西和包裝上畫的一樣就太厲害了。做得太好了。烤鮭魚是紅色軟糖，肉丸子應該是巧克力。

「寶石水果硬糖」也太漂亮了，好像真的寶石一樣，而且妙就妙它被隨意裝在大瓶子裡，簡直就像是海盜的寶物。旁邊滿滿一整罈的「銀幣巧克力」也好像真的銀幣，讓人真想伸手抓一大把。

還有「毒蛇果凍」，毒蛇身上的條紋也太猛了。綠色、紫色、金色、紅色，還有黑色和淡藍色。嗯，不知道是什麼味道？信也想，反正如果要吃的話，就要從尾巴開始吃。

信也正看得出神時，發現惠美把錢交給了阿姨。她好像買了什麼一小包零食。阿姨心滿意足的點了點頭。

「平成（註）十三年的五十元，這是今天的寶物。今天本店就打烊了，小妹妹，謝謝惠顧。這位小弟弟，你回家的路上也要小心。」

「啊！等、等一下！我也要買零食！」

信也慌忙說道。這時，他已經找到了自己真正想買的零食。

他要買的零食排放在貨架上，盒子有點大，上面畫的獅子、老虎和猩猩都好像真的一樣，而且用紅色的大字寫著「猛獸餅乾」幾個字。

信也第一眼看到時就知道，這是為他準備的零食。

抽獎
小點心

沒想到阿姨的態度很冷淡。

「小弟弟，我不能賣東西給你。這位小妹妹才是幸運的客人，你只是陪客。雖然很可惜，但下次再說吧！只要你的好運到來，應該還能再次光顧本店。」

「但你賣給惠美了啊！我也有錢啊！」

「但那不是我紅子想要的寶物，不管你說什麼，不行就是不行。……我說小弟弟啊，如果你不想遭遇可怕的事，我勸你趕快把那盒餅乾放回去，這是為了你好。」

那個阿姨用令人發毛的聲音說。聽到她說絕對不會把東西賣給信也，信也焦急得耳朵都紅了。

但是，他真的很想要那盒餅乾。好想好想要，想到沒辦法克制自己了。

於是，信也做了件以前從來沒做過的事——他偷了那盒餅乾——他假裝把東西放回貨架，卻是偷偷把餅乾丟進購物袋。

惠美沒有看到。因為她正專心的看著自己買的那包零食。

那個阿姨……應該也沒看到吧。但是，信也覺得走出柑仔店時，那個阿姨對他露出了意味深長的眼神。他知道她發現了。

「小弟弟，如果要放回去，就趁現在。把那盒餅乾放回貨架。」

信也好像聽到她說話的聲音，但他緊緊握住購物袋的把手。無論發生天大的事，即使被警察抓到，他也不願放棄這盒餅乾。

信也和惠美牽著手，一路緊張的回到家裡。

一回到家，他立刻衝進自己的房間。他先細細打量盒子。嗯，超帥。每一種動物看起來都超可怕。不知道裡面的餅乾怎麼樣。

信也打開盒蓋，把餅乾拿了出來。

「好猛啊！」

他先拿出了老虎餅乾。表面是黑色和黃色的糖衣，看起來超逼真，簡直不像是零食。

因為吃掉太可惜了，所以信也沒有吃，而是又拿出第二塊餅乾。這次是眼鏡蛇。眼鏡蛇看起來也像真的一樣，黑色鱗片圖案微微發光。他也捨不得吃，放在一旁。

接著是頭上長了尖角的犀牛。信也不大喜歡犀牛，所以就把犀牛餅乾吃掉了，而且他覺得餅乾真是太好吃了。

蝙蝠、獅子、狼、猩猩、蠍子。每一種動物都充滿了邪惡和危險的感覺。可能塞滿了盒子的關係，所以一個也沒少。

信也拿出最後一塊餅乾時，覺得有點驚訝。因為那是一個人。

一個男人穿著帥氣的靴子，頭上戴著禮帽，披著紅色大衣，手上拿著一根長長的鞭子。

「這一定是馴獸師吧！」

信也決定不吃那八塊餅乾，要留下來慢慢欣賞。他把餅乾放在盤子上玩打仗遊戲。

「哇哇哇，眼鏡蛇王展開襲擊，孟加拉虎撲了上去。哇，中計了！誰都無法戰勝眼鏡蛇王的劇毒！但是，吸血蝙蝠來營救了！牠把眼鏡蛇的毒吸了出來，順利救活了老虎！接著，獅子也加入了！」

他一個人玩得不亦樂乎，直到媽媽來叫他：「吃飯了。」今天晚上的菜當然是他們買的炸雞塊和馬鈴薯沙拉。

信也狼吞虎嚥的吃著晚餐，電話鈴聲響了。是住在附近的奶奶打來的。奶奶在整理壁櫥，沒想到越整理越亂，想請媽媽去幫忙。吃完晚餐，媽媽立刻去了奶奶家。爸爸說，他要兩個小時後才能到家，所以家裡只有信也和惠美兩個人。

惠美從剛才就很專心的看著一張小紙條，然後一個人嘀嘀咕咕說話。她在背課文嗎？反正家裡只剩下他們兄妹兩個人，信也忍不住竊喜。對了，可以用猛獸餅乾說血腥的故事嚇一嚇惠美。

「惠美，要不要玩遊戲？我去拿玩具，你在這裡等我。」

信也說完，走去自己的房間。但是，當他走到自己房門口時，發現了奇怪的事。因為房間裡沒有人，但竟然傳來了乒乒乓乓的聲音，而且還傳來「吼嗚嗚嗚嗚！」的吼叫聲。難道是貓從窗戶跳進來，在房間裡搗亂嗎？

信也有點害怕，把門打開一條縫，向裡面張望。

眼前的景象讓他難以置信。那些猛獸餅乾竟然活了起來。老虎、蝙蝠、猩猩、獅子、蠍子、眼鏡蛇、狼，所有猛獸都目露凶光，張大嘴巴，露出了獠牙，包圍著手拿鞭子的馴獸師。

馴獸師雖然把鞭子甩得啪啪響，但那些猛獸一點都不害怕，慢慢縮小包圍圈，逼向馴獸師。

狼終於撲了上去，啪嘰一聲，就把馴獸師的手臂扯斷了。接著，蠍子、獅子也都紛紛上前攻擊，轉眼之間，就把馴獸師吃光了。那些猛獸把馴獸師吃得精光後，開始四處嗅聞，可能是想要找下一個獵物。

信也還發現了一件可怕的事。和剛才相比，那些猛獸的身體變得更大了。現在可以清楚看到老虎的腳尖長出了利爪。

如果被牠們發現會怎麼樣？不，不必害怕，牠們只是餅乾而已，我是餅乾的主人。如果牠們不聽我的話，只要把牠們捏碎、吃掉就好。

信也鼓起勇氣，走進房間。

「喂！別吵了！」

那些猛獸都注視著信也，眼中燃燒著憎恨的火焰。牠們的身體好像又長大了些。獅子向前踏出一步。

「喂，坐下！我叫你坐下！」

但是，猛獸完全不聽話。信也想要用東西丟過去，於是抓起放在桌子上的「猛獸餅乾」盒子。

這時，蝙蝠撲了過來。喀哩！蝙蝠咬了信也的耳朵一口。信也感覺好像被針刺到那樣的疼痛，忍不住跳了起來。這時，所有猛獸

全都一起圍了上來，有的伸出爪子抓住信也的腿和膝蓋，有的用毒針刺他。

信也拚命掙扎，終於甩開那些猛獸，衝出了房間。他用力關上了門，但那些猛獸並不罷休。

鏘鏘鏘、咚咚咚。猛獸抓門的聲音越來越大，門很快就會被牠們抓破。快逃，要趕快帶著惠美，逃離這個家才行。

這時，信也才發現自己手上拿著「猛獸餅乾」的空盒子。雖然知道現在不是時候，但他還是忍不住看起盒上的說明文字。

食用猛獸餅乾的正確方法：先吃馴獸師的餅乾，這麼一來，猛獸就會知道你是老大，乖乖讓你吃。但是，如果先吃了其他猛獸餅乾，其他猛獸就會把你當成是吃掉牠們朋友的敵人，開始攻擊你，後果不堪設想。所以千萬要小心，在吃的時候不要搞錯順序。

「啊！現在知道太晚了！」

信也忍不住大聲叫了起來。因為他完全沒想到吃餅乾還有順序和方法，所以才會先吃掉犀牛餅乾，而且馴獸師已經被那些猛獸吃掉了。現在只能投降，想辦法趕快逃走才行。只要能逃離這裡，或

許還可以活命。

但是，正當他想要逃走時，門被撞破了。像人一樣高的猩猩正拍著厚實的胸膛，一邊向信也撲了過來。跟在猩猩後面的是獠牙上滴著毒液的眼鏡蛇，看起來很想吸人血的吸血蝙蝠也正沿著天花板飛了過來。

啊，這下子完了！

「哥哥！」

信也嚇了一跳，回頭一看，惠美站在那裡。

「惠美！快、快逃！」

但是，惠美並沒有逃，她鎮定的看著那些猛獸。

「這是那家柑仔店的餅乾嗎？哥哥，你偷東西嗎？這樣不好吧？」

「現在別管這些了，趕快逃！啊！」

眼鏡蛇纏住了信也，牠用長長的身體纏住了他。信也被眼鏡蛇粗大的身體纏繞著，想逃也逃不掉。

信也大哭起來。對不起。我吃了犀牛，對不起。我不該偷店裡的東西，對不起、對不起。

但是，即使哭著求饒，那些猛獸仍然毫不留情。牠們的吼叫聲越來越近，信也甚至可以感受到牠們的呼吸。

就在信也嚇得快暈過去時，聽到了惠美的聲音。

「我以戒指主人的名義，向糖果石祈願，把壞東西封閉起來，助我擺脫危機。鈴鈴鈴，封印！」

一道紫色的光竄了出來，光就像網子一樣散開，轉眼之間就抓住了那些猛獸。猛獸大聲吼叫著，一瞬間，猛獸就和光一起消失了。信也覺得那道光好像被吸進了惠美的手心似的。

無論如何，猛獸總算消失了。雖然難以置信，但他獲救了。

信也喘著氣，惠美問他：

「你沒事吧？」

「嗯，嗯。但是……這到底是怎麼回事？」

「嘿嘿嘿，多虧了這個。」

惠美得意的舉起右手。她的中指戴了一個大戒指。底座是一塊廉價的塑膠，但上面鑲了一塊好像紫水晶的巨大寶石。

「這是『戒指糖』，是我剛才在柑仔店買的。」

「戒、戒指糖？」

「嗯，這是可以當作護身符的糖果，只要念咒語，就會把壞東西吸進去。寶石的部分是糖果，吸越多壞東西，吃起來就越甜。」

惠美伸出舌頭舔了糖果一下，然後看著信也說：

「咒語我也都背下來了，所以，哥哥你要小心點，下次再說可怕的故事嚇我，搞不好我會很生氣，到時候可能會把你吸進戒指裡。」

信也忍不住抖了一下。這不是比剛才被猛獸追殺更可怕嗎？既然這樣，得趕快去買可以和糖果戒指對抗的零食。要先為偷了猛獸餅乾的事向那家柑仔店的阿姨道歉，然後再請她賣給自己更厲害的零食。

第二天，信也帶了所有零用錢，想一個人去錢天堂買零食。但是他找了好幾個小時，都找不到錢天堂。那家神奇的柑仔店已經消失得無影無蹤。

信也很失望。如果不想被戒指糖吸進去，就不能惹惠美生氣，暫時也不能說可怕的故事嚇她了。唉，真沒意思，只能當一個好哥哥了。

信也無精打采的回家了。

宮木惠美。七歲的女生。平成十三年五十元硬幣。

宮木信也。九歲的男生。只是陪客。

註：平成為日本明仁天皇在位時使用的年號。使用時間為西元 1989 年 1 月 8 日至 2019 年 4 月 30 日。平成十三年為西元 2001 年。

3 鬧鬼冰淇淋

美紀家沒有冷氣，所以夏天很可怕。白天就已經夠熱了，熱帶地區夜晚的悶熱更讓人受不了，簡直難以入睡。

但是，無論再怎麼受不了，即使晚上難以入睡，她也不可能買冷氣。

美紀二十一歲，今年春天終於找到了工作，開始一個人生活。

微薄的薪水付完公寓的房租，再加上三餐的開銷，幾乎就見了底，

生活很拮据，根本沒錢買冷氣，只能默默忍耐炎熱的天氣。

但是這天晚上實在太悶熱了，即使打開窗戶，也完全沒有一絲涼風，房間內熱得像三溫暖。美紀去沖了好幾次冷水澡，但馬上又滿身大汗。

這種時候，最好去便利商店避難。也可以稍微奢侈一點，買冰淇淋消消暑。沒錯，冰淇淋、冰淇淋，夏天就是要吃冰淇淋。美紀這樣想著。

美紀搖搖晃晃的走出公寓前往便利商店。好熱啊，空氣彷彿都沸騰了，好像熱水一樣黏膩。走在路上，簡直就像在這片沸騰的空氣裡游泳，實在太難受了。

啊，冰淇淋！冰涼的冰淇淋！

她好像念經一樣在腦袋裡念念有詞，一步一步走去便利商店。

這時，身體突然感受到一股涼意。

啊，好涼快！太舒服了！

她情不自禁的走向涼意吹來的方向，不知不覺間走進一條昏暗的巷子。被熱得昏昏沉沉的美紀忍不住瞪大了眼睛。

啊，那裡好像有一家店。店門口放了很多零食，應該是柑仔店。這麼晚了，竟然還沒有打烊。嗯？錢天堂？這個名字有點奇怪，過去看一下好了。

走過去一看，發現店門口貼了一張白紙，上面寫著「鬧鬼冰淇淋開賣了」。

「鬧鬼冰淇淋」！是鬼屋冰淇淋的意思嗎？雖然搞不清楚是怎麼回事，但這個名字太吸引人了！而且還是冰淇淋！正是美紀目前最渴望的東西！嗯，就買這個吧！

美紀有點重心不穩，幾乎整個人跌進柑仔店。

「不、不好意思，我要買鬧鬼冰淇淋！」

一個高大的人影從涼涼的柑仔店深處晃了出來。

是一個女人。雖然她的五官很漂亮，但有著一頭白髮，再加上擦了鮮紅色口紅的關係，有一種震懾人心的氣勢，簡直不像普通人。這麼熱的天氣，她竟然穿著和服，而且連一滴汗也沒流，看起來更像妖怪了。

女人對美紀露出笑容。

「你好，我是這裡的老闆娘紅子。你要買『鬧鬼冰淇淋』，真是太有眼光了。今天晚上真是太熱了。」

老闆娘說完，隨手打開了木箱子的蓋子，像雪國般的冷氣，和雪白的霧氣立刻從木箱子裡飄了出來。老闆娘從木箱子裡拿出一個

鬧鬼冰淇淋
開賣了
鬧鬼冰淇淋
鬧鬼冰淇淋

冰淇淋。

藍色杯裝冰淇淋看起來很普通，和其他地方賣的冰淇淋沒什麼兩樣，但定睛細看之後，會發現裝冰淇淋的容器正飄出藍白色的煙霧。像是帶著妖氣一樣，讓人有點發毛，卻又格外迷人，讓美紀看得幾乎想要跪下膜拜了。

「可、可以賣給我嗎？」

「當然，五元一個。」

「五、五元……嗎？」

「對，今天賣五元，只有今天。」

美紀也搞不清楚是怎麼回事，但既然老闆娘說五元，那就五元吧。她急急忙忙拿出一枚十元硬幣，但老闆娘拒絕了。

「不好意思，只收五元硬幣。你不是有五元硬幣嗎？」

「喔，是、是啊。雖然有，但是……」

美紀遲疑起來。她的皮夾裡的確有一個五元硬幣，但那是從目前住的公寓榻榻米下面找到的，不知道多久沒用了，上面已經長滿綠色的銅鏽。

在日文中，五元的讀音和「緣分」相同，所以美紀把這枚五元硬幣當作護身符，一直放在皮夾裡，並不打算花掉。眼前這位老闆娘看到那枚發綠的五元，一定不會想收吧！不管了，拿出來給她看看再說。

沒想到，老闆娘馬上眉開眼笑的接過美紀遞給她的那枚綠色五元硬幣。

「嗯，沒錯，是昭和三十五年的五元硬幣，這是你的冰淇淋，請盡情享受刺激的感覺。」

美紀接過冰淇淋，全身頓時感受到一陣令人快活的涼意。她心想，啊，這真的令人越來越興奮了，得趕快回家；一回到家，就要馬上吃這個冰淇淋。

美紀匆匆道謝，便衝出柑仔店。就連奔跑的時候，身體也有冰冰涼涼的感覺。一定是鬧鬼冰淇淋的冰涼趕走了熱氣，所以，即使在悶熱的空氣中，也可以盡情奔跑。

一走進家門，她立刻把冰淇淋放在桌子上，打開了上頭有可怕字體寫著「鬧鬼冰淇淋」幾個字的蓋子。

裡面裝著水藍色的冰淇淋，一看就覺得很清涼。雖然剛才一直拿在手上，但冰淇淋完全沒有融化，不斷的冒著冰冰涼涼的白色霧氣。光是這樣，室內的溫度就好像降了幾度。

美紀興奮的用湯匙舀了一大口冰淇淋送進嘴裡。

「哇，好冰！」

「實在太冰了，舌頭都快要結冰了。但是，真好吃！太好吃了！是像萊姆汽水般清爽的味道。哇，好冰，但是真好吃。」

美紀不停的叫著「好冰」、「真好吃」，繼續吃著冰淇淋。每吃一口，彷彿就帶走一些身體的熱度，她覺得身體從骨子裡徹底變涼了，好像從此之後就再也不會覺得熱了。

吃了一半，她覺得脖子刺刺的，頭有點痛。「嗯，吃太多了，今天已經吃夠了，剩下的冰淇淋留到明天再吃。」

美紀把冰淇淋蓋上蓋子，放進冰箱的冷凍室。她已經完全不覺得熱了，甚至覺得有點冷，而且忍不住打寒顫。

那天晚上，美紀拿出毛毯，裹著毛毯睡覺。

隔天，不知道是不是鬧鬼冰淇淋的效果持續的關係，她完全不覺得熱。雖然一大早就熱氣逼人，但她去公司上班時完全沒有流汗，而且工作效率也比平時高一倍。最近因為天氣太熱，整天都懶洋洋，但這一天的精神特別好。

好，今天就稍微奢侈一下，晚餐吃鰻魚。

她買了鰻魚，興奮的回到公寓，打開門，正準備走進去。

這時，一個模糊的影子從她眼前飄了過去。

「啊？那是什麼？」

她慌忙定睛細看，卻什麼也沒看到。剛才一定看錯了，雖然以為看到了什麼，但她決定不去在意。

沒想到，之後又發生了奇怪的事。

她拿了碗準備盛飯時，飯碗竟然移到玄關了；她沒有按遙控器，電視竟自動打開又自動關上。有時候燈罩會突然搖晃起來，堆放在桌上的雜誌也會莫名其妙的掉到地上。

美紀每次都嚇了一大跳。

別擔心，一定是我想多了。一定是我原本沒放好，雜誌才會掉下來。因為我最近太累了，才會覺得有問題。

她這麼告訴自己。

這種時候，就要早點睡覺、好好休息。美紀鑽進被子，但身體一整晚都有一種毛毛的感覺，好像有人用冰冷的身體緊緊貼著她。

隔天的情況更嚴重，東西會自動移位或是飛起來，手機更是接到陌生的來電，用可怕的聲音在語音信箱留言：「我就在這裡」。

第三天，她好幾次看到黑影在地上和天花板爬來爬去。

第四天，她在浴室的鏡子上看到用口紅寫的「我在這裡」時，嚇得頭髮都快要豎起來了。這根本就像住在鬼屋裡！

繼續住在這裡，可能會發生危險。美紀正打算搬家時，突然想到了鬧鬼冰淇淋。自從買了鬧鬼冰淇淋之後，整天都覺得毛毛的，而且也不再覺得熱，所以就忘了這件事。現在才想起來，或許是因為買了鬧鬼冰淇淋後，才發生這麼多奇奇怪怪的事。

美紀從冷凍室內拿出剩下的冰淇淋。仔細一看，旁邊貼了一張貼紙，上面有說明書。

讓恐怖迷讚不絕口的鬧鬼冰淇淋，直接食用，也可以享受超強的冰涼感。只要是內行人都知道要留下一半不吃。只要把吃剩的另一半放在冷凍庫，冰淇淋就會發揮作用，讓家裡變成鬼影幢幢，令人心驚膽顫的鬼屋。如果想恢復原狀，或是不想讓家裡變成鬼屋，就把剩下的冰淇淋全都吃完。

「喔，原來是這麼一回事啊！」

美紀終於恍然大悟。原來是因為鬧鬼冰淇淋發揮了作用，讓這裡變成了鬼屋。

一旦知道原因，就沒什麼好怕了。美紀原本就很喜歡恐怖電影，反而覺得家裡有心驚膽顫的感覺很好玩。好，那就試試看，我

鬧鬼冰淇淋

到底能夠忍受多久？反正實在太害怕時，只要把剩下的冰淇淋吃完就好。

美紀做了決定後，便繼續住在鬼屋。雖然奇怪的事越來越多，看到鬼影的次數也越來越多，但她覺得很好玩，就好像有人陪伴自己一樣。

因為美紀樂在其中，所以那些鬼怪也就越玩越大膽。她洗澡的時候，水會一下子變成紅色的；上廁所的時候，天花板會突然掉下很多黑色的頭髮。

晚上的時候，棉被會緊緊裹住她的身體，偶爾裹得太緊，美紀無法呼吸時，她還真的覺得有點發毛。但是，只要她拜託那些鬼怪不要玩得太過火後，鬼怪們就會手下留情。

美紀每天的生活都充滿驚嚇，簡直就是身歷其境感受她最愛的恐怖電影。而且，只要鬼怪在家裡，家裡就陰陰涼涼的。美紀覺得從來沒有一個夏天像今年夏天這麼舒服。

在漸漸吹起涼風的季節，上司突然要美紀出差。「我去出差咯！」美紀向鬼怪打招呼後，就精神抖擻的出門了。

出差了兩天，第三天才回到了家裡。美紀站在門前先深吸了一大口氣。兩天不在家，家裡的鬼怪應該又增加了，一定個個蓄勢待發，想在美紀進門後好好嚇她。

「好。」美紀做好心理準備，便打開門，大聲的說：「我回來了！」

沒想到，竟然沒有任何鬼怪跑出來嚇她。原本以為會有兩、三個鬼撲上來，或是會看到閃亮亮的眼珠子滾出來，沒想到房間內光線昏暗，完全沒有任何動靜。

「都不在嗎？我買了伴手禮送你們呢！」

美紀巡視房間，立刻發現不對勁。家裡亂成一團，抽屜都被翻了出來，碗盤都打破了，很多東西都倒在地上，看起來不像是鬼怪搗蛋闖禍。

一看地上，美紀嚇了一大跳。地上有很多大腳印。這也是鬼怪搗蛋留下的痕跡嗎？

當美紀感到納悶時，有人敲門。打開門一看，原來是管理員。

「啊，太好了，工藤小姐，你終於回來了。」

「發生什麼事了？」

「你不在家的時候，家裡傳出奇怪的聲音，乒乒乓乓，好像有人在打架。我過來察看，結果一個男人大叫著從你家裡衝出來。」

「男人？」

「對，以前從來沒見過。我還來不及叫住他，他就逃走了。我猜想可能是小偷，但即使我進去察看，也不知道有什麼東西被偷了，所以只好等你回家。你好好檢查看看，家裡是不是少了什麼東西。」

原來地上的腳印是小偷留下的。美紀臉色發白，急忙檢查起來。幸好沒有東西被偷，錢和飾品，還有衣服都在。

「好像沒有偷走什麼。」

「是嗎？那就太好了，如果覺得有問題，就去報警，我也會陪你一起去。」

「好，好，我想一下。謝謝。」

美紀向管理員道謝後走回房間，全身無力的癱坐在椅子上，思考起來。

這到底是怎麼一回事？小偷進來闖空門，這件事千真萬確。但他卻什麼都沒偷，而且還大喊著逃走，這未免太奇怪了。

奇怪的還不止這件事。家裡安靜得出奇。如果是平時，那些鬼怪早就開始搗蛋了。

對了，那些鬼怪！

美紀驚訝的抬起頭巡視著房間。那些鬼怪果然不在，到處都看不到鬼怪的蹤影。難道躲起來了嗎？不、不是。不光看不到他們，而且家裡也沒有之前那種陰森可怕的感覺了。

鬼怪不見了。但是，為什麼會不見了？啊，該不會！

美紀打開冰箱的冷凍室找鬧鬼冰淇淋，但冰淇淋也不見了。果然猜對了。小偷並不是沒有偷走任何東西，但是偏偏偷走了鬧鬼冰淇淋。

正當美紀垂頭喪氣時，她看到鬧鬼冰淇淋的杯子掉在冰箱旁。她急忙撿起來看，但杯子已經空了。一定被那個小偷吃完了，所以那些鬼怪才會不見。

死小偷，竟敢闖空門，還偷吃了我最寶貴的冰淇淋！真是令人

難以置信！

美紀開始對小偷感到憤怒。

既然這樣，那就去報警，讓警察抓住可惡的小偷，好好懲罰他。

美紀準備站起來時，突然發現了一件事。冰淇淋杯底部好像寫了什麼。雖然字很小，但美紀還是設法看清楚上面的字。

注意：每個鬧鬼冰淇淋只能有一個主人，嚴禁讓其他人試味道或是和他人分享。一旦這麼做，鬼怪就會產生混亂，直接附身在最後吃冰淇淋的人身上。這麼一來，那些鬼怪就會一輩子糾纏那個人，敬請見諒！

美紀目瞪口呆，一次又一次確認注意事項的內容。

「直接附身在最後吃冰淇淋的人身上？而且會糾纏一輩子？」

「啊、啊哈哈哈！原、原來是這樣！」

美紀忍不住笑了起來。她無法克制自己的笑聲。

她終於明白所有事情的經過。小偷闖進美紀家，先偷吃了鬧鬼冰淇淋，然後準備偷東西時，那些鬼怪就出來嚇他。小偷嚇得逃走了，但鬼怪也跟著他。對那些鬼怪來說，小偷成為他們的新主人了。從今以後，那些鬼怪會一直跟著小偷。既然小偷大叫著逃走，可見他一定很膽小。活該！最好嚇死他。

美紀的心情頓時好了起來。雖然失去那些鬼怪很可惜，但之前玩得很盡興，所以就不多計較了。等到天氣變熱時，再去找那家柑仔店買鬧鬼冰淇淋吧！

美紀想通之後，決定不去報警，開始整理被小偷弄亂的房間。

工藤美紀。二十一歲。昭和三十五年的五元硬幣。

4 現釣鯛魚燒

鯛魚燒。好想吃鯛魚燒。

慶司滿腦子都只想著這件事。

今天是星期天，原本和爸爸約好，一大早就要和爸爸一起去釣魚，沒想到爸爸忘了這件事，竟然還安排了工作。爸爸以為只要說是工作，就什麼事都可以原諒！

這種時候，最好的消氣方法就是去買鯛魚燒！想像自己釣到了

大魚，然後從頭開始，大口大口著吃。

慶司握著零錢，去了商店街的鯛魚燒店。

沒想到！

鯛魚燒店竟然沒有營業。鐵捲門無情的拉了下來，上面掛著「公休」的牌子。

這個打擊太沉重，慶司的身體忍不住搖晃了一下。他想：「竟然連鯛魚燒都拋棄我。今天也太倒楣了！啊，老天爺，我要怎麼撐過這一整天啊！」

即使誇張的嘆息，鯛魚燒店的鐵門也不會打開，今天只能放棄，乖乖回家了。

但是，當他無精打采的走在回家路上時，聞到一股又香又甜的味道。這種又香又甜的味道太熟悉了，絕對沒有錯，一定是鯛魚燒。

他急急忙忙尋找香味飄來的方向，隨著香味走進一條小巷子，結果在巷子盡頭看到一家柑仔店——錢天堂。從掛著這塊招牌的店裡，飄來了鯛魚燒的味道。

慶司快步衝進柑仔店，看到一個身穿和服的女人正在後方，滿臉幸福的吃著鯛魚燒，她的周圍有許許多多零食。

那個女人一頭白髮，看到慶司後，微微瞪大了眼睛。

「哎喲，有客人啊！嗯，稍微等我一下。」

女人說完，兩口就把剩下的鯛魚燒吃掉了。慶司忍不住咕嚕一聲吞下口水。因為那個女人剛才吃的鯛魚燒真的讓人垂涎三尺。

那個女人優雅的擦了擦嘴，起身走向慶司。她的身形很高大，而且嘴脣擦著鮮紅色口紅，笑起來的樣子也很有威嚴，慶司差一點要向後退。

「不好意思，因為剛好是點心時間。我是這家店的老闆娘紅子，請問你想買什麼？」

慶司早就決定了，於是大聲回答說：

「鯛魚燒！」

老闆娘立刻笑了起來。

「原來你要買鯛魚燒？那真是太好了，我也很喜歡鯛魚燒，那我就給你珍藏的鯛魚燒吧！」

老闆娘說完，拿了一個有點大的盒子。盒子上畫了很多鯛魚燒在藍色的海洋中游泳，上面寫著「現釣鯛魚燒」幾個字。

慶司幾乎要撲向那個盒子。「就是這個！我想要買這個！這是我一直想要的！我一定要買回家！」

老闆娘嫣然一笑。

「這一盒要一百元，你要買嗎？」

「我要、我要買！」

慶司把握在手上，原本準備買鯛魚燒的一百元交給老闆娘。老闆娘更加樂開懷了，滿臉都是笑容。

「沒錯，的確是今天的寶物，昭和六十二年的一百元，謝謝惠顧，那是你要的商品，祝你釣到大魚。」

老闆娘意味深長的說著，並把盒子遞給了慶司。

慶司把盒子緊緊抱在胸前，一路跑回家裡。他不希望受到任何人的干擾，所以偷偷回到自己房間，看著盒子，準備動手打開。現釣鯛魚燒。啊，太令人興奮了。裡面到底裝了什麼呢？

打開盒子後，慶司有點不知所措。因為裡面並沒有鯛魚燒，也沒有做鯛魚燒的工具，只有一個銀色塑膠製品，被壓得扁扁的，完全不知道是什麼東西。

除此以外，盒子裡還有一根又短又細，像鉛筆一樣的東西。喜歡釣魚的慶司看了立刻知道，那是釣魚用的釣竿，管子裡還有更細的管子。

拉開釣竿，總共有六十公分左右。釣魚線的前端有一個小小的釣鉤，還有用來捲釣魚線的捲線器。雖然是迷你版釣竿，但該有的都沒少。只不過慶司不知道這根釣竿有什麼作用。

盒子裡有說明書，他趕緊讀了起來。

現釣鯛魚燒是既可以享受釣魚樂趣，又可以吃到點心的最佳零食，推薦給喜愛鯛魚燒，又喜愛釣魚的人。在折疊式水桶裡裝水後，就可以用盒內的釣竿釣鯛魚燒。也許可以釣到大鯛魚燒，或是難得一見的鯛魚燒。祝你好運！

「折疊式水桶？是這個嗎？」

慶司拿起銀色塑膠製品，拉開一看。嗯，的確很像水桶。好，那就來裝水。反正都要試試才知道會發生什麼事。

慶司走去洗手臺，在水桶裡裝了水之後，折疊式水桶變成了一個真的水桶。原本桶子上皺巴巴的皺褶居然不見了，而且材質也變得很牢固。

他把裝了水的水桶拿回房間，又拿起了釣竿。先把釣魚線拉直，然後把釣鉤放進水桶。他在做這些事時，開始覺得自己很蠢。

我在幹麼？竟然真的把釣鉤放進水桶裡，這根本是在玩釣魚遊戲嘛！

他正想把釣魚線收起來時，突然感覺到有一股力量正在拉扯釣

魚線。

「咦？咦！」

慶司慌忙用力抓住釣竿，但捲線器發出嘰哩哩的聲音，釣魚線越拉越長。

這是怎麼回事？慶司緊緊握住釣竿，探頭向水桶內張望，然後便驚訝得說不出話。

水桶居然變得深不見底，一眼望去，下面是很深很深的海洋世界。藍色的水，白色的沙地，還有黑漆漆的岩石區，海藻和水母在水裡漂來漂去，許許多多的魚游來游去。只是那些魚全都是……

鯛魚燒！

海裡的鯛魚燒有大有小，有的自由自在的在海裡游泳，有的在岩石區或是昆布後方鑽進鑽出。

「全都是、全都是鯛魚燒。但是，怎麼會？怎麼可能會有這種奇妙的事！」

這時，慶司又感覺到釣魚線被用力拉扯。無論如何，要先收起釣魚線。他的釣魚魂被點燃了，用盡力氣捲起釣魚線。先是小心翼翼的控制力道，避免把釣魚線扯斷，在感覺沒有拉得那麼緊時，用力把釣魚線捲了起來。

雙方僵持了一陣子，但最後還是慶司獲勝。他從水桶內釣起了一個二十公分左右的鯛魚燒。鯛魚燒很飽滿，而且還活蹦亂跳，形狀也很漂亮。

慶司瞪大了眼睛，抓住了鯛魚燒，拆下釣鉤。鯛魚燒立刻安靜下來，一動也不動，變成了真正的、普通的鯛魚燒。

他急忙看向水桶底，只看到銀色的底，剛才那片神奇而美麗的大海不見了。看來只有把釣魚線放進水桶時，水桶才會和海洋相連。

他終於了解「現釣鯛魚燒」是怎麼一回事了。既可以享受釣魚樂趣，也可以吃鯛魚燒，自己居然擁有這麼厲害的東西。這個天大

的幸運讓慶司忍不住全身顫抖起來。

為了讓心情平靜下來，慶司拿起剛釣起來的鯛魚燒。這是第一次釣到的鯛魚燒，一定要從頭到尾，吃得一點都不剩。他對著鯛魚燒的腦袋咬下一大口。

「太、太好吃了！」

鯛魚燒好吃得令人感動，外皮酥脆，好像剛烤好一樣，裡面的紅豆餡又甜又稠。

這種鯛魚燒，即使每天吃也不會膩。太好了，以後要一直、一直釣來吃。

和普通釣魚一樣，鯛魚燒也不是每次都釣得到。有時候只能釣到很小的鯛魚燒，有時候可以釣到足足有四十公分長的鯛魚燒。鯛魚燒的內餡也五花八門，有紫地瓜、抹茶、栗子、奶油、牛奶糖口味，有時還會釣到難得一見的鯛魚燒，慶司就曾經釣到紅豆餡裡有小湯圓的鯛魚燒。

慶司覺得實在太有趣了，在釣上來之前，完全不知道會釣到什麼，這不正是釣魚的美妙滋味嗎？

當他釣太多，自己吃不下時，就會分給家人和朋友。大家都很納悶，他去哪裡買到這麼好吃的鯛魚燒，但慶司絕口不提現釣鯛魚

燒的事。他在心裡告訴自己，那是自己最重要的祕密，絕對不能告訴任何人。

沒想到出現了一個麻煩人物。那就是慶司的姊姊冬子。她似乎發現慶司在隱瞞什麼，所以經常找機會試探他。

「為什麼你這一陣子都沒出去玩？那種好吃的鯛魚燒是在哪家店買的？你為什麼整天關在自己房間裡，而且還鎖門？」

姊姊接連問了很多問題，慶司心想，自己要小心一點才行，否則一定會被姊姊發現。

可能是因為這一陣子整天都在釣鯛魚燒，才會引起姊姊的懷疑。好，今天就找同學一起去外面玩。對，以後每隔一天就去外面玩一次。不，三天去玩一次，才不會引起姊姊的懷疑。啊，真麻煩，我的日子為什麼要過得這麼辛苦。都怪姊姊啦。這一切，都是姊姊害的。

慶司嘀嘀咕咕的抱怨著，就出門去找同學一起玩了。

傍晚回到家時，發現原本放在房間裡的釣竿不見了。

別著急！一定是姊姊搞的鬼，絕對錯不了。

慶司雖然火冒三丈，但還是先深呼吸，努力讓自己先平靜下來，然後走去隔壁冬子的房間。

「姊姊！你不要隨便拿走我的東西！」

他大聲叫著，打開了姊姊房間的門。坐在書桌前的冬子轉頭看著他，臉色發白。慶司有一種不祥的預感。

「你是不是拿走了我的釣竿？那很重要，趕快還給我！」

慶司說完，走向前一步，看到冬子不知道把什麼東西藏在身後。太可疑了！

慶司衝到書桌前，然後愣住了。釣鯛魚燒的釣竿就放在桌上，但竟然被折成兩半了。

「對、對不起，我剛才去你房間，想要向你借圖鑑，結果……不小心踩到了，但、但是別擔心，我一定會幫你修好。好不好？對不起啦！」

慶司緩緩看向冬子，內心燃燒起熊熊怒火。

「姊姊是、是大笨蛋！你為什麼要這麼做！」

「我、我不是故意的！你不要這麼生氣嘛！」

「我當然生氣啊！怎麼可能不生氣！這是我的、我的寶物啊！你這個笨蛋！」

慶司說完，把冬子推開，抓起了釣竿。冬子大聲喊痛，但慶司不理她，衝出了房間。

他回到自己的房間，立刻鎖住門，不讓任何人進來，然後仔細檢查拿回來的釣竿。

唉，釣竿被折斷了。太過分了。姊姊根本賠不起。以後永遠都無法釣鯛魚燒了。釣竿根本不可能修好，以後再也吃不到好吃的鯛魚燒了。

他既傷心，又懊惱，眼淚忍不住流了出來。他用力擦拭眼淚時，看到了放在牆邊的釣竿。那是一根真正的釣竿。

他突然靈機一動。沒錯，既然這根小釣竿壞了，可以換其他釣竿啊！試試看再說。凡事都要試了才知道結果。

慶司從床底下拿出裝了水的大寶特瓶。最近他都會在房間裡藏一些水，即使半夜也可以在房間裡釣鯛魚燒。

他把水倒進折疊式水桶。啊，好緊張。希望一切可以順利。

他帶著祈禱的心情，輕輕把真正釣竿的釣鉤和釣魚線放進了水桶，然後又偷偷向水桶內張望。

水桶底部出現了藍色的水世界。目前雖然看不到鯛魚燒，但絕對沒錯，已經通向海洋了。

啊，太好了，即使換了一根釣竿，也照樣可以使用！

他興奮不已，正準備歡呼時，發現釣竿被拉了一下，好像馬上就釣到鯛魚燒了。但是，這個拉扯的力量很大，和以前完全無法相比，連釣竿似乎也快被拉進去了。

到底釣到了多大的鯛魚燒？慶司緊緊抓住釣竿，探頭向水桶內張望。

在很深很深的底部，有一條巨大的魚掙扎著游來游去。那不是鯛魚燒，牠比鯛魚燒大得多了，形狀也不一樣，又長又尖，還可以看到黑灰色的魚鰭。

該不會是鯊魚吧？

正當他這麼想的時候，大魚用力翻身，慶司也差一點被扯進水

桶裡。

不行，自己完全不是那條大魚的對手。今天就鬆手，放牠一馬。

沒想到無論他怎麼鬆開手，都無法鬆開釣竿，釣竿就像塗了強力膠，牢牢的黏在他手上。

這下糟了！

慶司臉色發白。「照這樣下去，我會連同釣竿、水桶一起被拉進海裡。不，鎮定。水桶這麼小，根本無法容納我的腦袋。」他想。

只不過當釣竿越拉越緊時，慶司發現了一件可怕的事。水桶漸漸變大了，水桶正張開大口，準備把慶司吞進去。

「嗚哇哇哇！」

慶司慘叫著。這時，門外傳來冬子的聲音。

「喂！你怎麼了？」

冬子嘎鏘嘎鏘的轉動門把，但門鎖住了，打不開。

「慶司！趕快來開門！」

「我沒辦法！我沒有手！救命！救命！」

釣竿再度用力拉扯著慶司，他往前一看，發現藍色的水已經逼近眼前。

「救命啊！」

慶司大叫的時候，身後傳來嘎啦嘎啦窗戶打開的聲音。

「慶司！」

冬子從窗戶跳了進來。

冬子想要拉住弟弟，當她發現拉不住時，就用力伸腿一踢，把水桶踢倒了。

砰喀！水桶翻倒了，發出很大的聲音，地上都是水，那股拉扯慶司的力量也消失了。

慶司翻了半個跟頭，倒向後方，有好一會兒都說不出話。

「你、你沒事吧？慶司，你沒事吧？你快說話啊！」

冬子叫著他，幾乎快哭出來了。慶司也哭了起來，好不容易點了點頭。

「我、我沒事，別擔心，姊姊，多虧你、你救了我。」

「嗯，雖然我搞不清楚是怎麼回事，但真是太好了。」

冬子抱著慶司，慶司也緊緊抱住了姊姊。

之後，姊弟兩人一起收拾房間。房間內到處都是水，必須在媽媽發現之前清理乾淨。

慶司用抹布擦著房間裡的水，把現釣鯛魚燒的事全都告訴了姊姊冬子。

「原來是這樣，難怪你整天都有鯛魚燒吃。你太不夠意思了，竟然不告訴我。」

冬子數落慶司一番之後，露出有點擔心的表情。

「但是，像這樣會把你拉進水桶，不是很危險嗎？搞不好會溺死。不管怎麼說，以後再也不要用了。」

「我知道，但是……之前從來沒有發生過這種事，今天有點奇怪，雖然我也不知道原因。」

慶司嘆著氣，撿起了折疊式水桶。沒有水的水桶，變回了普通的水桶樣貌。他翻過來想要擦水時，發現水桶底部寫了字。

注意：請勿使用指定釣竿以外的釣竿，一旦使用其他釣竿，有可能會通往鯛魚燒海洋以外的地方。

「真受不了你！」

不知道什麼時候一起湊過來看著注意事項的冬子大聲說道。

「你一直在使用，竟然沒有看注意事項！你腦筋有問題嗎？」

「我、我也不知道啊，誰會把水桶的底部也翻過來看啊！更何況還不是因為你把我的釣竿弄斷了，我才會用其他釣竿啊！」

「我、我又不是故意的，不要再怪我了啦！而且，也不想想是誰

「救了你一命？我可是沿著外面的窗戶爬過來救你的！」

冬子氣鼓鼓的反駁弟弟的抗議，然後笑了起來。

「但這下就放心了，現在知道只要拿專用的釣竿就很安全。這樣的話，以後不是可以繼續釣鯛魚燒嗎？」

「但是，釣竿已經……」

「交給我吧，我可是美勞小達人，我一定會幫你修好，但你下次要讓我也釣看看，沒問題吧？」

「呃，好吧，只要你幫我修好釣竿……讓你釣也沒問題。」

「太好了！謝謝！那我馬上來修理！」

冬子說到做到，她真的把釣竿修好了。慶司對姊姊刮目相看。

現在慶司經常和冬子一起釣鯛魚燒，兩個人一起釣也很好玩。兩個人可以比賽誰釣到的鯛魚燒比較大，誰釣到的鯛魚燒比較難得一見，每次都樂翻天。慶司覺得這樣也不賴。

竹下慶司。八歲。昭和六十二年的一百元硬幣。

5 教主夾心巧克力

典行很沮喪。他今天又被店長罵了。

典行是美髮師。他的姑姑在化妝品業界很有影響力，所以典行輕輕鬆鬆就進入美容美髮專科學校就讀。畢業之後，也憑著姑姑的推薦函，順利進入一流的髮廊工作。

他在那裡工作了好幾年，仍然沒有長進。他沒有自己的客人，前輩整天數落他，比他晚進髮廊的後輩也對他很不耐煩，至今還在

做洗頭、打掃的工作。

不過，這一切全都是典行的錯。他完全不聽客人的要求，也無視前輩的忠告和教導，當然不可能有長進。而且他很容易鬧脾氣，喜歡在後輩面前當老大，所以大家都不喜歡他。

只不過他自己並沒有意識到這件事，一直覺得自己無法升遷、別人也不喜歡他都是別人的過錯。

最近，典行總是感到心浮氣躁。他已經二十八歲了，專科學校的其他同學，有的已經當上店長，有的自己開了店，做得有聲有色，自己還在髮廊當學徒，這也未免太不公平了。

因為太心煩了，今天他在為客人洗頭時，雙手忍不住用力，不小心抓下客人的一把頭髮，結果被店長罵了一頓。但典行沒有反省，他反而痛恨客人，也對店長恨之入骨。

「只不過洗個頭，有什麼好囉哩囉嗦的，可惡的傢伙。不知道我是誰嗎？竟然叫我幫客人洗頭，也太搞不清楚狀況了。」

他越想越生氣，忍不住衝出店外。他在外面晃了一個多小時，仍然不想回去店裡，正打算去咖啡店打發時間。

只不過他身上帶的錢不夠，口袋裡只有零錢，只能買罐果汁忍耐一下。自己真是太窮了。典行覺得很可悲。

怎麼會這麼落魄？二十八歲的自己應該成為美髮教主，四處接受電視、雜誌的採訪，現在卻仍在髮廊打雜。

啊，真希望可以輕輕鬆鬆成名！

正當他發自內心這麼想時，看到一條光線昏暗、看起來有點髒髒的小巷深處有一家小店。老舊的店鋪好像快倒閉了，但不知道為什麼，他情不自禁的被吸引過去。因為他彷彿聽見了一個呼喚他的聲音。

典行無法抗拒的走向那家店。掛著「錢天堂」招牌的是一家柑仔店。典行平時根本不會看柑仔店一眼，現在卻被這家店裡的零食吸引，甚至有心動的感覺。

「『詛咒人形燒』？如果真的可以詛咒別人，真想拿回去給店長吃。『使役魔硬糖』和『惡魔零食』？還有『驚悚小饅頭』、『凶惡涼粉』好像也都不錯。」

他的目光都集中在一些可怕的零食上，越看越有趣。

這時，一個女人從店內深處走了出來。

好大的塊頭！

這是他看到那個女人的第一個念頭。典行個子算高，但那個女人比他更高，而且胖胖的，穿著胭脂色古錢幣圖案的和服，感覺很有氣勢。

她的頭髮像雪一樣白，隨意的挽在頭上，插了幾支髮簪，看起來風情萬種。典行覺得如果這種女人當女明星，其他人肯定會黯然失色。

女人對他笑了笑。雖然笑容很親切，但也很有威嚴。

「歡迎光臨，我是這裡的老闆娘紅子。無論你想要什麼商品，一定可以在錢天堂找到。請問你想要什麼，我一定可以為你奉上。來，請說吧！」

老闆娘的聲音甜美而深沉，深深打動了典行的內心深處。典行脫口說出了自己的要求。

「我想成為名人，想成為任何人都不敢對我說三道四的大人物，無論做什麼，都會受到稱讚。我想成為這樣的人！」

典行情不自禁大聲吶喊，老闆娘點了點頭。

「原來是這樣，那麼這個商品應該很適合你。」

老闆娘說完，伸出了手，她的手上有一個圓滾滾的東西。差不多像核桃一樣大，用銀箔紙包了起來。銀箔紙上印著一團熊熊燃燒的火，中間有一個金色的皇冠。

「這是『教主夾心巧克力』，魅力棉花糖外面裹了好運巧克力。

只要吃了這顆巧克力，就可以喚醒你內心的教主潛力，不斷壯大它，讓你的潛力熊熊燃燒。」

典行並沒有發現老闆娘眼中閃著妖媚的光，他的雙眼完全被那顆教主夾心巧克力吸引了。

典行心想：「就是它。這就是我夢寐以求的東西。這就是我缺少的東西，這正是我需要的東西。」

「我要。我要買！多少錢？」

「一百元。」

典行口袋裡剛好有一百元，他暗自慶幸，幸虧沒有拿去買果

選飲料
幻想
charisma
天錢堂

汁。典行把一百元交給老闆娘，老闆娘笑了笑說：

「這正是今天的寶物，昭和四十六年的一百元硬幣，這是你要的商品。」

典行一把搶過教主夾心巧克力，用顫抖的手打開銀紙，裡面的巧克力有點大，但他不以為意，馬上放進嘴裡。典行一咬，巧克力就裂開了，他吃到了裡面的棉花糖。

他忍不住發出低吟。他第一次吃到這麼好吃的棉花糖。棉花糖很有彈性，像牛奶糖一樣甜，卻帶著肉桂的香氣，和外面的巧克力完美融合，真是人間美味。

典行咕嚕一聲吞下去時，身體像喝了酒一樣熱了起來。

「哇，好猛，身體好像燒起來了。不一樣了。我正在變身，即將成為另一個人。」他陶醉在這種感覺中，突然聞到了熟悉的洗髮精和髮臘的味道。

他一睜開眼，發現自己不知不覺回來了，正站在任職的髮廊門口。他剛才沒有向店裡的人說一聲就去外面閒逛，如果是平時，他總是偷偷溜回去，但典行此刻內心覺得自己天下無敵，於是大搖大擺的從大門走了進去。

一位貴婦老主顧正在櫃檯前，櫃檯的年輕女性工作人員向她深深鞠躬：

「笹見太太，歡迎光臨。」

「我今天沒有預約，沒問題嗎？」

「當然沒問題，但今天佐佐木剛好不在。」

「哎喲，佐佐木先生不在啊，那我改天再來。其實我只要稍微修一下頭髮就好……」

貴婦邊說話邊看著典行，眼神立刻變了。她露出看到偶像般熱情又陶醉的眼神說：

「不，我改變主意了，可不可以找那個弟弟幫我剪？」

「啊！你要找……典行嗎？」

工作人員非常清楚典行的技術，他慌張的看著典行，但隨後也跟著露出迷戀的眼神。

典行得意極了。沒想到教主夾心巧克力這麼快就發揮了作用，他不屑的聳了聳肩說：

「指名我嗎？可以啊，這邊請。」

他請貴婦坐在空位上。

「請問你今天想剪什麼造型呢？」

「嗯，就剪你推薦的髮型。沒錯，你覺得怎樣剪比較好，就幫我怎麼剪。」

「沒問題，那先為你洗頭。」

典行開始為貴婦洗頭。他故意把熱水的溫度調得比較高，洗的時候也很粗魯，但貴婦完全沒有半句怨言。

洗好頭，終於開始剪頭髮。他最近根本沒什麼機會拿剪刀，拿在手上很不順手。算了，這也是沒辦法的事。典行為貴婦稍微修了髮梢。

剪完的髮型，和修剪前其實沒什麼差別，但是，貴婦卻雙眼發亮的看著鏡子。

「哇，好漂亮的髮型！太棒了！我第一次剪得這麼滿意。下次也要拜託您。要怎麼稱呼您呢？」

「我姓北島。」

「原來是北島先生，那我下次要指名你幫我剪頭髮。到時候再拜託咯！」

貴婦充滿感激的說。不光是貴婦，其他客人看了貴婦的髮型，也都議論起來，紛紛指著典行，要他也為自己剪頭髮。

對美髮師來說，自己的客人指名其他美髮師是一種屈辱，但就連那些美髮師竟也都露出陶醉的眼神看著典行。

「接下來是哪一位？」當典行這麼問時，一群人扛著攝影機走進店裡。看起來像是記者的年輕女生喘著氣問：

「不好意思，我是《日常獨家特集》節目的主持人金子。我剛才在那裡遇到一位髮型非常出色的太太。聽說是這家店的美髮師為她剪了那個有品味的髮型！」

所有人都看著典行，典行挺著胸膛說：

「那個人就是我。」

從那天起，典行的每一天都出現戲劇性的變化。

客人紛紛上門找他，無論為客人剪怎樣的髮型，他們都讚不絕口。即使為客人理了光頭，或是染了很誇張的顏色，客人都雙眼發亮的說，真是太出色了。

典行在一個星期後升為店長，但區區店長已經無法滿足典行了。於是，他辭職，自己開了店。一開始因為缺乏資金，他只好在自己的公寓做生意，客人仍然絡繹不絕，從早到晚都忙不停。

轉眼之間，他就籌到了足夠的資金，在麻布的精華地段開了店，在店裡對超過二十名美髮師頤指氣使，工作頓時變得既輕鬆又愉快。

客人上門時，他都先請手下的美髮師處理。美髮師使出渾身解數為客人剪髮、染髮後，典行只要在最後稍微打理一下，就全都變成他的功勞。

他毫不在乎的搶走手下美髮師構思的髮型和設計，但沒有人有半句怨言，簡直占盡便宜。

典行整天笑得合不攏嘴，幾乎每天都接受電視和雜誌的採訪，客人非富即貴，他成為屈指可數的當紅美髮教主，名利雙收，要什麼有什麼，每天都樂翻了天。只要教主夾心巧克力的效果持續，無論做什麼都沒關係，簡直天下無敵。

但是，教主夾心巧克力的效果到底能夠持續多久？

典行一想到這個問題後，心裡十分驚慌。如果巧克力的效果消失了，典行就會失去現在的一切，他無法靠自己的手藝維持目前的名聲，無論如何，都一定要再次買到教主夾心巧克力才行。

典行派手下去找那家柑仔店，但即使踏破了鐵鞋，也找不到那家名叫「錢天堂」的柑仔店。

怎麼會有這種荒唐的事！那家店一定在某個地方，但為什麼找不到！

明明有那家店，卻遲遲找不到。這件事讓典行心浮氣躁。為了發洩內心的鬱悶，他為知名女明星剪了一個參差不齊的龐克頭，又為位高權重的政治人物染了一頭粉紅色的頭髮。當然，客人還是喜出望外。「哼，全都是傻瓜。」典行心想。

這時，有一個新的客人走進店裡。

「不好意思，本店採取預約制，臨時來的客人……」

典行聽到工作人員婉拒的聲音。

「到底是哪個鄉巴佬竟然不知道這家店採預約制？」典行看向客人，心臟差一點停止跳動。龐大的身軀、一頭雪白的頭髮，以及臉上從容的笑容——她是「錢天堂」的老闆娘。

典行推開其他人，衝了過去。

「笨蛋！你給我閃開點！不好意思，本店的工作人員太失禮了，歡迎光臨，請進、請進！」

典行搓著手，打算請錢天堂老闆娘去他的辦公室，而其他客人紛紛露出嫉妒的眼神看著老闆娘。那個女人到底是誰，竟然可以讓堂堂的北島典行這麼畢恭畢敬。

但是，錢天堂的老闆娘完全不在意這些視線，她輕輕推開典行的手，用唱歌般的聲音說：

「不，我不是來剪頭髮的，這裡是不是有一個叫美鈴的女生？我想找她。」

「你來找美鈴？」

美鈴是店裡的一位美髮師，雖然還很年輕，但品味出眾，也很努力。每天第一個來店裡，最後一個下班，努力精進技藝，以後一定能夠闖出自己的一片天空，所以典行一直不喜歡美鈴。

錢天堂的老闆娘找美鈴到底有什麼事？

典行因為不安而緊張不已，堆起假笑問：「請問你找美鈴有什麼事嗎？」

「店長，我找她的事和你沒有關係，你別問這麼多了，請讓我和美鈴見面。」

雖然老闆娘面帶微笑的說話，聲音很溫柔，卻有一股壓迫心臟的沉重分量。

典行冒著冷汗。這是命令，根本無法違抗。他只好去叫美鈴。

正在打掃的美鈴立刻趕來，看到老闆娘，露出困惑的表情，但老闆娘見到她後開心的笑了起來。

「啊啊，原來你就是美鈴小姐。我是紅子，很高興認識你。」

老闆娘微微彎下身體說道，不經意的瞥了典行一眼。

「趕快閃一邊去。」老闆娘的眼神似乎在對典行這麼說，典行只好走開，但他無法不在意，只能躲在角落，一直看著她們。

老闆娘和美鈴有說有笑。然後，美鈴突然請老闆娘坐在椅子上，俐落的為她把一頭白髮盤了起來。短短幾分鐘，就完成了氣質高雅的髮型。老闆娘發出心滿意足的笑聲。

啊！

典行忍不住探出身體。因為他看到老闆娘不知道交給美鈴什麼東西。那個東西很小，可以藏在手心裡，但典行的確確看到老闆娘交給美鈴某個東西。

不會吧！典行覺得自己渾身的血都倒流了。老闆娘該不會給了美鈴教主夾心巧克力？

不一會兒，老闆娘離開了。典行立刻衝到美鈴面前。

「你和剛才的客人聊了些什麼？你認識她嗎？」

典行來勢洶洶的問，美鈴瞪大了眼睛。

「不，我不認識她，今天是第一次見面。」

「那你們聊了些什麼！而且，她是不是給了你什麼東西？」

「零、零食啊，她說她開了一家柑仔店。」

「把她給你的零食拿出來！趕快！」

典行忘了旁邊還有其他人，大聲咆哮著。

美鈴含著眼淚，把老闆娘給她的零食拿了出來。像核桃般大小的零食用印了紅色、金色的銀箔紙包了起來，果然是教主夾心巧克力！那個女人是來破壞我的幸福嗎？

典行把巧克力放進自己的口袋，瞪著美鈴說：

「你想要收到客人的禮物，還要等一百年呢！那個客人為什麼來找你？」

「因、因為貓……」

「啊？什麼意思？」

美鈴說，她昨天救了一隻爬到樹上卻下不來的貓，那隻貓的飼主就是剛才那個叫紅子的老闆娘。所以今天特地來店裡，謝謝她昨天救了貓。美鈴也感到很納悶。

「我也覺得很奇怪，她怎麼會知道是我？我救那隻貓的時候，周圍完全沒有人，但她好像什麼都知道，還知道我的腳不小心刮傷了，簡直就像親眼看到一樣。」

「你為什麼幫她重新盤頭髮？」

「因、因為我發現她的頭髮有點亂了，所以就問她，可不可以幫她整理一下，她說務必請我幫忙，我就幫她簡單整理了一下，沒想到她很高興，就給了我那個零食。她真是一個奇怪的人……老闆，她是你的朋友嗎？」

「這和你沒有關係，總之，你以後不許再和她說話！絕對不允許！好了，你趕快回去工作。」

典行訓了美鈴一頓之後，回到了辦公室。他鎖上辦公室的門，拿出從美鈴手上搶來的巧克力。

這是我的！這個巧克力屬於我！怎麼可以讓美鈴吃！

他撕開銀箔紙，拿出裡面的巧克力放進嘴裡，來不及享受巧克力的甜味，就用力咀嚼起來。

喀哩喀哩！

牙齒咬到了什麼硬硬的東西。裡面包的不是棉花糖，好像是核果之類的東西。

典行雖然感到有點奇怪，但還是把巧克力吞了下去。

這時，全身感到一股寒意襲來，身體好像凍結般的冰冷，和上次不一樣。好像有點不對勁！

「怎麼回事！這、這是怎麼回事！」

典行愣在原地，非常害怕，這時才看到剛才丟掉的銀箔紙。背面寫著一些字。他攤開銀箔紙，撫平後看了內容。

實力夾心巧克力：有時候無論怎麼努力，都無法得到回報。實力夾心巧克力就是為你準備的。只要吃下這顆巧克力，就會獲得符合你的努力和實力的評價。當你覺得自己已經盡了百分之百努力時，請吃下這顆巧克力，效果立刻顯現。

典行臉色發白。

自己太性急了！這不是「教主夾心巧克力」！而是完全相反效果的巧克力，是獲得符合努力和實力評價的「實力夾心巧克力」。

實力、努力。典行完全沒有這些東西。啊，所以……慘了！

這時，店裡傳來了吵雜聲。

「這種髮型竟然要花好幾萬元，這是在搶錢嗎？」

「這頭粉紅色頭髮害我在國會淪為笑柄，讓我大出洋相！」

「叫北島先生出來面對！」

「北島在哪裡？」

外面傳來怒罵聲。

典行抱著頭。實力夾心巧克力的效果已經顯現，任何力量都無法阻擋。自己將失去一切，之前隨心所欲，把別人的功勞占為己有，趾高氣揚的指使別人，自己輕鬆賺錢，如今將承受所有的報應。

美髮教主的真相將攤在陽光下，盜用手下美髮師設計的驚人事實將公諸於世。

他似乎已經看到了週刊雜誌和八卦節目大肆討論。

每個人都抨擊自己，自己的名聲一落千丈。光是想像，就令人不寒而慄。唉，早知道會這樣，當初就不吃教主夾心巧克力了，一直當一個不長進、只能打雜的美髮師也沒什麼。

但是，現在後悔已經來不及了。吵雜聲漸漸逼近，典行嚇得直發抖。

北島典行。二十八歲。昭和四十六年的一百元硬幣。

6 烹飪樹

翔平的媽媽討厭小孩子。這不是謊言，是千真萬確的。

媽媽心情好的時候，會給翔平和弟弟北斗吃點心，也會撫摸他們，但只要稍有不順心的事，就會立刻大發雷霆，對翔平和弟弟破口大罵，用東西丟他們，最後甚至離家出走。一旦媽媽離家，就不知道什麼時候才會回來。

翔平和北斗兩個人必須好幾天都躲在堆滿垃圾，又髒又亂的小

公寓裡。雖然會找冰箱裡的食物填飽肚子，但冰箱裡通常沒什麼食物，翔平和北斗總是又餓又害怕。

但是，比起媽媽，比起寂寞，外面的人更可怕。因為媽媽每次都這麼告訴他們。

「你們絕對不能相信外面的人，尤其是叫『社工』的人，他們都是會拐騙小孩的騙子，不要看他們一臉親切就被騙了。他們會把你們從媽媽身邊帶走，讓我們再也不能見面。所以，無論他們問什麼，你們都絕對不能回答，否則他們就會把你們拐走。」

翔平和北斗都相信了媽媽的話。

被陌生人從這個家帶走，再也見不到媽媽了。光是想像一下，就令人害怕得快哭出來了。雖然媽媽很凶，但他們還是很愛媽媽。因為家裡只有翔平、北斗和媽媽三個人。

啊，如果媽媽再溫柔一點，不知道該有多好。如果媽媽生氣的時候和笑的時候調換一下，不知道該有多好。

翔平經常這麼想。

有一天，媽媽像平時一樣大發脾氣之後，又離家出走了。翔平安慰著哭泣的北斗，自己也很想哭。

因為自己對媽媽說，肚子很餓，所以又惹媽媽生氣了。應該在媽媽心情好一點的時候說才對。怎麼辦？不知道媽媽今天會不會回來。冰箱裡幾乎沒有食物了。怎麼辦？怎麼辦？家裡沒有錢，而且媽媽說，絕對不能去外面。怎麼辦？

翔平正感到不知所措時，聽到門鈴聲。有人來了。翔平和北斗互看了一眼。

「會不會是媽媽？媽媽回來了嗎？」

「不知道。北斗，你在這裡等我一下。」

翔平走去玄關。他按照媽媽的吩咐，先掛上了門鍊。因為如果是那些叫社工的壞蛋來，就千萬不能讓他們進屋。只要掛上門鍊，就可以安心了。

翔平開了門，從門縫中向外張望，忍不住瞪大了眼睛。

門外站了一個又高又大的阿姨。她有一頭白色頭髮，穿著有古錢幣圖案的紫紅色和服。雖然她臉上帶著笑容，但感覺並不是親切的笑容。

「你、你是誰？」

「我是柑仔店『錢天堂』的老闆娘紅子。」阿姨說話的聲音像在唱歌。

「我不是壞人，所以你可以放心，總之，我先進去再說。」

那個阿姨說完，就把身體擠向門縫。

下一剎那，阿姨已經進了房間。明明掛了門鍊，而且門縫很窄，連翔平都沒辦法穿過門縫，她到底怎麼走進來的？

翔平驚訝的張著嘴，她牽著他的手，走進了房間。

在房間深處的北斗看到陌生的阿姨走進家裡，嚇了一大跳。翔平掙脫她的手，急忙跑去北斗身旁保護他，然後瞪著她說：「你、你出去！出去！我要報警咯！」

但是，那個阿姨不為所動，慢條斯理的坐了下來，從容不迫的說：「你先別緊張，我是來送禮物給你們的。」

「禮、禮物？」

「對，有一個年輕小姐來買我店裡的零食，她有今天的寶物，平成元年的五百元硬幣，但她看起來有點奇怪，所以我就和她聊了一下。她說並不是為自己買零食，而是買給住在同一棟公寓的兩個小男孩。」

翔平猜想可能是澄玲姐姐。

澄玲姐姐是住在同一棟公寓的大學生，很關心翔平和北斗，經常帶食物給他們吃。翔平和北斗也很喜歡澄玲姐姐，但不大敢和她太親近。因為媽媽盯得很緊。

媽媽最討厭自己的孩子和外人親近，上次媽媽也去找澄玲姐姐，把她罵了一頓。

「為什麼要送飯糰給我兒子？你以為你是誰啊！你這種行為讓我很困擾，以後別再多管閒事了！」

從那次之後，澄玲姐姐就沒有再來找翔平他們。因為翔平一直惦記著澄玲姐姐，所以心裡很難過。

「是……澄玲姐姐嗎？」

「我沒有問她名字，只不過如果是大人也就罷了，但不能就這樣交給還不識字的小孩。因為這種零食的使用方法有點麻煩，所以就

由我紅子親自為你們送來。」

這時，北斗忍不住探出身體問：

「零食？你要送我們零食？」

「對，而且是特別的零食。你們看，就是這個。」

紅子從掛在手上的袋子裡拿出一個像裝玉米片的盒子，上面印了一棵樹。

翔平和北斗雙眼緊盯著那個盒子。我們知道！這個很厲害！絕對很厲害！這是我們需要的東西！

「這是『烹飪樹』的材料，我要借用一個鍋子。」

紅子走去狹窄的廚房，一看到髒亂的流理臺，忍不住皺起眉頭。

「真受不了。難怪那位小姐會擔心，真是太過分了。」

她小聲嘀咕著，拿起一個小鍋子。那個鍋子黏黏的，而且都發霉了，發出一股惡臭。

紅子挽起袖子，把鍋子洗得很亮，然後走回翔平面前。

「接下來我就要來做烹飪樹了。」

紅子說完，打開烹飪樹的盒子，從裡面拿出一個小袋子和一個大袋子。她先打開大袋子，把看起來像麵包屑的東西嘩啦嘩啦的倒進鍋子。倒滿鍋子後，又從小袋子裡拿出一顆紅色圓形糖果般的東西。

紅子把紅色糖果塞進裝滿麵包屑的鍋子裡，好像在播種，然後又倒了一杯水……。

沒想到！剛才塞紅色糖果的地方，竟然開始發芽。

嫩芽漸漸長大，最後變成像盆栽一樣的樹。

這棵樹很奇怪，整體看起來矮矮胖胖，樹皮是黑色的，而且很光滑。最奇怪的是，樹葉是紅色、橘色和金色，而且閃閃發亮，看起來好像是樹燒起來了。

當樹枝長好後，便開始結果子。小小的樹上長滿了核桃般大小的桃紅色果子。

紅子轉頭看著翔平他們說。

「來吧，完成了。」

「……要吃這些果子嗎？」

「對，這棵烹飪樹是灶神附身的果樹，會結出很多好吃的果子，但一定要遵守規矩。」

「規、規矩？」

「在摘果子前，一定要合起雙手，說我要開動了。吃飽之後，一定要記得說謝謝款待。」

原來是這麼簡單的事。翔平和北斗鬆了一口氣，沒想到阿姨探出身體，用低沉的聲音說：

「只要忘記其中一個步驟，烹飪樹就會枯死。不光是這樣，而且還會受到懲罰。」

「懲、懲罰？」

「惹烹飪樹生氣的人，會遭遇可怕的事。如果不打一聲招呼就吃樹上的果子，就會反過來被烹飪樹吃掉。」

「被、被吃掉嗎？」

「對，所以為了避免這種情況發生，你們一定要遵守規矩，不要忘了感謝烹飪樹，知道了嗎？」

紅子注視著他們說道，她的眼神很銳利，翔平和北斗忍不住挺直身體，點了點頭。和這個阿姨相比，媽媽生氣一點都不可怕。

看到翔平和北斗嚇得發抖，阿姨笑了笑說：「那就趕快來享用美食吧！我看你們都餓壞了。」

紅子說的沒錯，他們的肚子早就餓扁了，必須馬上吃點東西，不管什麼都好。

翔平先站在烹飪樹前。

「我、我先開動了。」

他合起雙手說。這時，樹葉沙沙的搖晃起來，好像燃燒中的熊熊大火。翔平忍不住想，啊，烹飪樹現在一定很高興。

紅子點了點頭，翔平摘下一顆果子放進嘴裡，然後用力咬了一下。果子很柔軟，裡面沒有果核，味道是……

「不會吧！」

他原本以為會是酸酸甜甜的水果味，沒想到嘴裡卻是漢堡的味道，就好像在吃熱騰騰、肉汁飽滿的漢堡，而那正是翔平現在最想吃的東西。

「漢堡！是漢堡的味道！」

北斗聽到翔平這麼說，從他身後跳了出來，大聲喊著：「我要開動了」，把果子放進嘴裡，然後發出尖叫聲……

「不是！是焗烤飯！是蝦子焗烤飯的味道！」

「是漢堡！」

翔平也對著北斗大喊，又摘了第二顆果子，這次是炸雞的味道。又脆又香，是現炸的味道。

翔平和北斗陶醉的吃了一顆又一顆果子，有可樂餅、壽喜燒、奶油燉菜、飯糰、沙拉、牛角麵包、烏龍麵、馬鈴薯燉肉、餃子、牛排、壽司、奶油玉米、炸竹筴魚、咖哩飯、炒飯、天婦羅飯、章

魚燒、拉麵、豬肉湯……。

每顆果子都有不同的味道，而且好吃得連舌頭都快融化了。果子一顆接著一顆的長出來，所以永遠都不會吃完。

翔平和北斗吃了又吃，吃了又吃，終於再也吃不下了。他們心滿意足，帶著感謝的心情對著烹飪樹合起雙手說：「謝謝款待。」

這時，他們才發現奇怪的阿姨不見了，但他們並不在意。現在他們有烹飪樹了，這才是最重要的事。

「哥哥，這下子不用擔心了。」

「嗯，即使媽媽回來之後，也不會對媽媽說肚子餓了，這樣媽媽就不會常常生氣了。」

「嗯。」

兄弟兩人相視而笑。

接下來的三天，翔平和北斗靠著烹飪樹，每天都吃得很飽。他們覺得自己很幸福。

如果媽媽也回家，就完美無缺了。不知道媽媽會不會快點回來。真希望讓媽媽也看看烹飪樹，讓她大吃一驚。如果可以和媽媽一起吃好吃的果子，那就太棒了。

翔平吃著串烤味的果子，北斗嘗著玉米濃湯味的果子，心裡想

著這些事。

忽然，媽媽像暴風雨般回來了。

媽媽一回到家，就板著臉。她好像在外面遇到了不開心的事。

兩個孩子立刻交換了眼神。現在給媽媽看烹飪樹可能不大妙，等媽媽心情好一點的時候再說。嗯，就這麼辦。

兩兄弟想要把烹飪樹藏起來，沒想到媽媽眼尖先發現了。

「那是什麼？」

「這、這是……」

「什麼？這是樹？你們在搞什麼鬼！竟然把樹種在鍋子裡！」

1
8
15
22
29

媽媽把皮包丟了過來，翔平抱著烹飪樹，避免被皮包打到。

「媽、媽媽，聽我說！這棵樹很厲害！」

「閉嘴！趕快給我拿去丟掉！你們在想什麼啊！」

「真的很厲害！會結出很好吃的果子！你聽我說，這、這是美食的樹！媽媽，你也吃看看！」

「啊？你在說什麼鬼話？」

「求、求求媽媽，媽媽，你、你也吃看看！」

北斗也哭著拜託。只要媽媽吃一顆烹飪樹的果子，心情一定會好起來。

媽媽垂著嘴角生氣，突然從烹飪樹上摘下一顆果子放進嘴裡，但是，媽媽的心情並沒有好起來，反而更加惡狠狠的瞪著他們。

「哼，原來你們整天都吃這些？唉，我真是太傻太天真了！即使再麻煩，都覺得應該煮飯給你們吃，所以才特地回家，沒想到你們早就吃飽了。」

「媽、媽媽……」

「給我閉嘴！整天哭什麼！我很累，我要去睡覺了，不許吵我，也不許看電視。還有，這個要沒收。」

媽媽拿著烹飪樹的鍋子走進了自己的房間。

翔平抱著啜泣的北斗，自己也哭了起來。媽媽看到烹飪樹並沒有高興，也沒有笑，而且還沒收了烹飪樹，翔平覺得再也沒有任何希望了。

啊，怎樣才能讓媽媽笑呢？不知道。不知道不知道不知道不知道。最後，翔平和北斗躺在沙發上，哭著哭著就睡著了。

隔天早晨，他們醒來時聞到一股香噴噴的味道。這是……在煎培根的味道？

翔平和北斗慢慢走去香味傳來的廚房，驚訝的發現，廚房整理得很乾淨，原本堆滿垃圾的桌子上，卻放著剛做好的早餐。

一個繫著圍裙的女人站在瓦斯爐前哼著歌，拿著平底鍋和長筷子在炒菜。

「她是誰？」

翔平小聲問道，女人轉過頭。

「翔平，早安。北斗，早安。」

爽朗地向他們打招呼的竟然是媽媽，但翔平和北斗都遲遲無法相信。因為站在他們面前的女人，和他們熟悉的媽媽完全不一樣。

媽媽平時在家時，總是一頭亂髮，今天清爽的綁了起來，身上

的衣服也很乾淨。平時媽媽身上都是香菸和酒的味道，今天只聞到清新的香皂味道。最重要的是，媽媽臉上露出從來沒有見過的平靜、快樂的表情，說話也很溫柔。

「太好了，我想你們差不多快起床了。你們先坐下，來吃早餐。北斗，你的土司想抹什麼？」

「呃……呃……」

「果醬好不好？」

「嗯、嗯。」

「翔平呢？要奶油嗎？」

「嗯、嗯。」

翔平一邊點著頭，一邊想，這一定不是媽媽，媽媽絕對不可能這樣輕聲細語對他們說話。

突然，媽媽走了過來，緊緊抱住他們兩個人。翔平和北斗全身緊張，眼珠子不停的打轉，媽媽用好像快哭出來的聲音小聲對他們說：「對不起，媽媽以前一直是壞媽媽，但媽媽不再當壞媽媽了，我向你們保證，以後我不會再抽菸，也不會再喝酒，也不再去打小鋼珠，每天下班就會馬上回家。我向你們保證，向你們保證。」

翔平和北斗聽了媽媽的話，也都哭了起來。雖然之前曾經無數

次因為難過寂寞而哭，卻是第一次因為高興而淚流不止。

母子三人的心情終於平靜下來，開始吃早餐。翔平坐下來後，悄悄看著媽媽。媽媽雖然看起來心情很好，但現在發問，會不會馬上就變回原來的媽媽？啊，但是，這個問題非問不可。

他鼓起勇氣開了口。

「媽媽……」

「什麼事？」

「那、那個，請問烹飪樹怎麼了？」

媽媽沒有生氣，反而露出一臉歉意的表情低下了頭。

「你是問那棵樹嗎？沒想到……它昨天突然枯掉了，可能是媽媽摘果子的時候太粗暴了。早晨起床後，樹就變成粉末了，但是，以後媽媽會做很多很多好吃的食物，你們願意原諒我嗎？」

「當、當然原諒啊！北斗，對不對？」

「嗯、嗯。當然，那種樹根本不重要。」

「趕快吃早餐吧，媽媽，我們好久沒有吃媽媽做的菜了。」

媽媽聽了翔平和北斗的話，欣慰的笑了起來。

早餐後，趁媽媽還在收拾時，翔平和北斗悄悄討論起來。

「哥哥，這是怎麼回事？媽媽太奇怪了。……雖然是好的『奇

怪』，但這到底是怎麼回事？」

「一定是受到了烹飪樹的懲罰。」

「啊？」

「送烹飪樹來的阿姨不是說了嗎？如果不說『我先開動了』和『謝謝款待』，就會受到懲罰嗎？媽媽在吃果子的時候，不是沒說『我先開動』嗎？一定也沒說『謝謝款待』，所以就遭到懲罰了，一定是這樣。」

那個阿姨說，烹飪樹會把遭到懲罰的人吃掉，原本兩兄弟以為是把人的身體全部吃掉，但烹飪樹好像只是吃掉人的壞心情。

所以，媽媽變得不一樣了。原本那個容易發脾氣、不喜歡小孩子的懶散媽媽被吃掉、不見了，變成了愛乾淨，喜歡小孩子，又親切溫柔的媽媽。

烹飪樹應該不會再長回來了，但翔平和北斗並不覺得可惜。因為他們現在有了變溫柔的媽媽。

「溫柔的媽媽比烹飪樹好多了。」

「對啊，絕對好多了。」

當他們相互點頭時，媽媽收拾完畢，從廚房走了出來。

「今天天氣很不錯，要不要一起去散步？去大雪公園好嗎？」

「好啊！」

「贊成！」

翔平和北斗精神抖擻的大喊。

他們好幸福，比吃了烹飪樹上的果子、整天可以吃很飽的那幾天更加、更加幸福。

根川澄玲。二十一歲。平成元年五百元硬幣。用特殊方式購買。

大熊翔平。六歲的男孩。大熊北斗。四歲的男孩。他們收到了烹飪樹。

番外篇　打烊後的錢天堂

當客人離開後，紅子小聲嘀咕。

「今天就先打烊了。」

打烊後，紅子拿出一個小瓶子。那個瓶子很小，可以妥當的藏在紅子的手心裡。

她把客人購買零食時支付的五百元硬幣放進小瓶子後，從櫃檯下方拿出一個大木箱。

老舊而沉重的木箱上烙了一個『封』字。她打開蓋子，裡面裝滿了小瓶子，每個小瓶子裡都有一枚硬幣。

當她把新的小瓶子放進去時，其中一個瓶子發出了亮光。

「哎喲，真是巧啊！」

紅子興奮的拿起發光的瓶子，瓶子裡的五元硬幣扭動著，慢慢變大，接著，五元硬幣跳了一下，變成一個小小的金色招財貓。

紅子大笑起來。

「太好了，看來那位客人的使用方法很正確。」

這時，又有另一個瓶子發出了亮光。

「哎喲，這裡又有一個？我看看，我看看。」

紅子拿出那個瓶子，一百元硬幣在瓶子裡跳動著，但它卻慢慢融化，失去了原來的形狀，最後變成漆黑的影子，上面黏了瞪大的眼珠子。

紅子嘆了一口氣。

「真可惜，這位客人失敗了，寶物又變成了不幸蟲。錢天堂在這場比賽中輸了。」

紅子打開瓶蓋，把瓶子倒過來，拿出像蟲子一樣的東西。蟲子立刻掙脫了她的手，像幽靈一樣穿越柑仔店的牆壁逃走了。

「無法變成幸運招財貓的不幸就要放走，這是規矩。但每次看到這樣逃走的不幸蟲，都會覺得很可惜。……不過今天也有金色招財貓誕生，所以這次算是不輸不贏。對，沒錯，這個世界上有太多令人遺憾的人了。雖然有幸被錢天堂挑中，有機會得到幸福，但他們自己破壞了規矩，所以無法得到幸福。」

紅子把小招財貓拿了出來，小心翼翼的拿在手上，走進柑仔店深處。店內深處漆黑一片，但不知道為什麼，只有地上的那道門可以看得一清二楚。紅子打開那道門，沿著通往地下室的樓梯往下走，眼前突然亮了起來。

那裡是一個跟工廠一樣的大廚房，許許多多金色招財貓在那裡工作。這些招財貓正在做各式各樣的零食，也有的在摺盒子，還有的把做好的零食裝進盒子或袋子裡，每隻招財貓都很忙碌。

紅子彎下身體，把帶來的招財貓放了下來。那隻招財貓立刻去協助烤仙貝。

「把不幸變成幸福，把幸福變成不幸。錢天堂會挑選客人，只要客人得到幸福，錢天堂就贏了；如果客人變得不幸，錢天堂就輸了。不知道明天會是怎樣的客人走進錢天堂呢。」

紅子像唱歌般說完後，走出了廚房。

《完》

456 讀書會

如果有一間販售著可以解決問題與煩惱的柑仔店，
你會想要的買什麼點心呢？
承載著各種希望或欲念的點心，
同時也提供每個故事主角面對困難的勇氣，
或是改變自己面對人事物、人際關係的契機。
一起來加入456讀書會，面對自己的困擾與想法，
找到問題的解方吧！

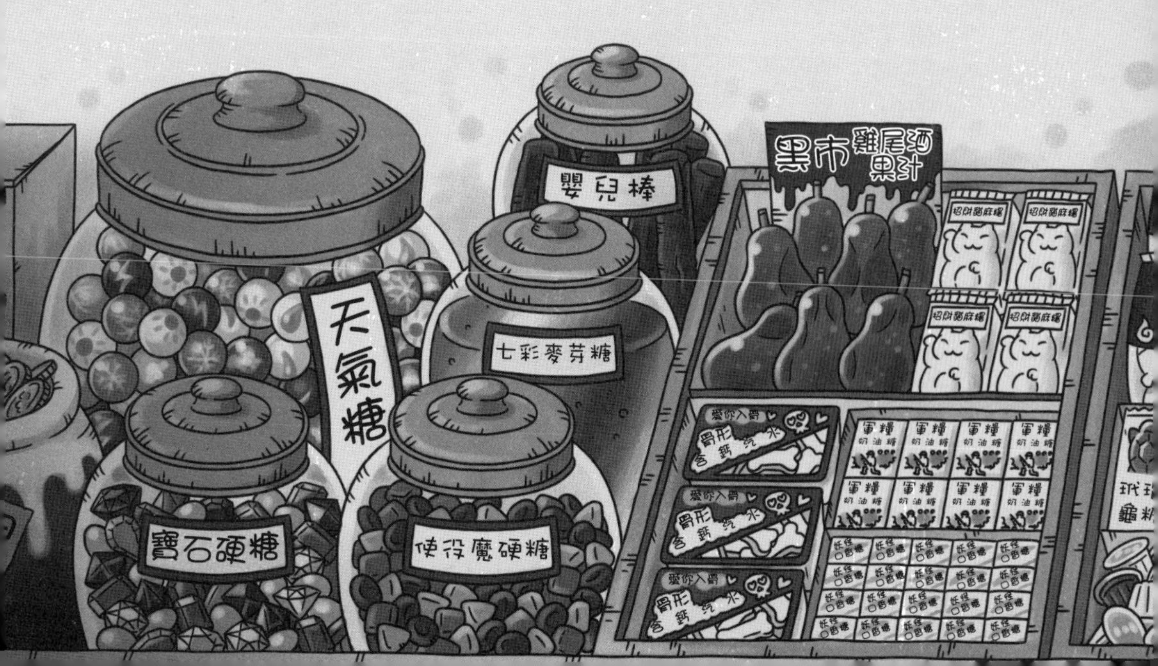

新品大募集

「錢天堂」的老闆娘紅子最近人手不足，要招募新幫手設計店裡的神奇零食產品，吸引更多幸運的客人上門，滿足更多人的心願，請依照以下順序，想一想，完成一個新奇、有趣、最多人喜愛的魔法零食吧！

一、零食或飲料類型：先選一種你想設計的零食類型。

糖果　餅乾　麵包　果汁　布丁　果凍　口香糖　冰淇淋　汽水　（其他）

二、零食名稱：幫你設計的零食取個響亮又吸引人的名稱，人氣才會旺喔！

三、零食功效：這個零食有怎樣的神奇功效呢？例如「猛鬼冰淇淋」可以叫出鬼怪，把家裡的氣氛變得像鬼屋一樣；「現釣鯛魚燒」可以提供釣魚的樂趣，又能夠品嘗各種口味的現烤鯛魚燒等。

四、使用方法與注意事項：你設計的神奇零食有沒有使用的方法呢？用錯了，會不會遇到什麼麻煩呢？想一想，讓你的神奇零食既神奇，又特別，讓每個拿到這個零食的人對你非常佩服吧。

五、零食造形設計圖：請根據前面那些構想，畫出它的造型，並設計成一個產品海報，繪製在後面吧！

錢天堂新品發表

推薦文

孩子的好奇在這裡得到滿足

◎曾品方（臺北市立萬興國小教師）

圓滾滾又笑瞇瞇的老婆婆，身穿古錢幣圖案的和服，手拿掃把，還有一隻黑貓……這些充滿神祕感的元素，都足以吸引孩子的目光。本書中有許多新奇有趣的零食，例如貓眼糖、妖怪口香糖、愛你入骨骨形含鈣汽水、發抖幽靈果凍等，都能立即引發孩子們的好奇心。然而，書中最精采之處不是新奇的零食，而是主角面對內心的渴望，如何透過零食的奇妙力量，展開一場驚喜連連的冒險之旅。那種暨害怕又想讀的心情，不僅能滿足孩子的好奇心，更能鼓勵孩子勇於嘗試，如同「現釣鯛魚燒」的慶司常說：「凡事都要試了才知道結果啊！」

其實孩子的世界，看似簡單，但是小小心靈也會有煩惱，像是內向害羞的人，就怕同學來捉弄；沒有安全感的人，擔心大人不喜歡自己。作者把這些煩惱，一一揉進故事裡，讓小讀者心有戚戚焉。這些煩惱該如何處理呢？只要吃下神奇的零食，就能解除危機，迎來幸運，是多麼令人振奮啊！

隨著情節發展，小讀者會發現，神奇零食往往伴隨著恐怖的副作用，主角們因為不小心而失去超能力的時候，反而得到更多的勇氣和智慧。相信孩子們透過閱讀，不用大人來說教，他們就能體驗到得失之間的權衡，領悟到勤勞、誠實和分享的真義。就讓孩子倘佯在妙趣橫生的故事裡，想像後續發展，讓想像力自由飛翔，讓創意無限奔馳吧！

讀完故事後，一起動動腦，想一想下面的問題吧！

Q1：如果你也想要學會游泳，你會吃「美人魚軟糖」嗎？還是你有其他的辦法呢？

Q2：在「現釣鯛魚燒」的故事裡，慶司為什麼不想告訴別人，他的鯛魚燒是從哪裡來的呢？當姊姊弄壞釣竿，慶司很生氣，但後來他們為什麼又能和好呢？

Q3：在「教主夾心巧克力」的故事裡，典行為什麼會失去魅力？當好運來臨時，典行有把握住嗎？

Q4：故事中有一位客人不是為自己買零食，她為什麼要這樣做呢？

Q5：六個故事裡，錢天堂柑仔店出現的方式，有什麼相同或不同嗎？

Q6：老闆娘紅子蒐集到了哪些幸運寶物呢？請說一說這些寶物的年代和價值，你發現了什麼呢？

Q7：如果你是錢天堂柑仔店的客人，你會想買什麼零食呢？為什麼？

Q8：你的家人或朋友，有沒有什麼願望或煩惱呢？如果你能製造神奇的零食，你會為他發明出什麼樣的零食呢？零食能幫助他什麼呢？

推薦文

柑仔店的奇幻旅程

◎宋曉婷（桃園市大業國小教師）

生命中總有一些無法面對的、不為人所知的害怕與惶恐，當陷入人生困境時，如果有一間小店，能為你的生命帶來神奇的改變，你是否願意嘗試呢？

「錢天堂」，一間看起很老舊，看似普通卻神出鬼沒的柑仔店；「紅子」，一位頭髮全白卻沒有皺紋，高大而充滿氣勢的女老闆，看似普通不過的店裡，卻大有玄機。店裡堆滿了你所能想像到與想像不到的各式零食與玩具，每一種零食和玩具的商品名稱都很奇特：「貓眼糖」、「妖怪口香糖」、「蝙蝠仙貝」、「報仇尪仔標」、「恨恨麵包」等，只有你想不到，沒有這裡找不到的東西，更別說這些零食與玩具，都擁有非常特殊的力量，能完美解決你現在遇到的問題。

只要你擁有幸運寶物——一枚特殊年分的特殊硬幣，這個特別的小店便會出現，吸引你前來，提供你改變人生的契機。像是《美人魚軟糖》會讓你成為游泳高手；《教主夾心巧克力》會讓你成為人們追逐與崇拜的焦點；《款待茶》能讓人擺脫寂寞，找到好朋友；《醫生汽水糖組》甚至能治療病痛，讓人健康……

但是，幸運並不等於幸福，並不是所有人得到這份幸運後就如童話故事般，過著幸福快樂的生活，人生本來就有各種可能。《教主夾心巧克力》就是一個很好的例子，這個零食落在一個實力不足卻不想精進能力，只會怨天尤人，不停抱怨的人物手中。他吃了「教主夾心巧克力」後，幸運的功成名就，大出風頭，得到所有人的崇拜與讚賞，從而更是得意忘形，只想靠著神奇的力量享受人生，但是由於實力不足造成的心虛，讓他害怕「教主夾心巧克力」失效，對有實力的人更是嫉妒、打壓。最後因為自己的心虛與害怕誤吃實力夾心巧克力，人生從而一落千丈，但他並未因此反省，反而覺得一切都是「錢天堂」的錯，想要報複，最後當然為自己帶來了不幸。

反觀吃了第二集《音樂果》中的小男孩，一樣是實力不足，也因為吃了「音樂果」後大出風頭，放棄努力，卻能在最後了解真正的實力才是根本，選擇回到最初面對，雖然結局未知，但我相信，有了這次寶貴的經驗，小男孩一定能努力增強實力，憑實力得到幸福的人生。畢意有些時候人生的難關，只是需要「面對並克服」而已！

人生，本來就取決於自己的行動與選擇，那麼，如果是你，會讓這份幸運變成金色招財貓還是不幸蟲呢？

這樣一本充滿想像力，好玩、好吃、有趣又充滿人生哲理的書，錯過可惜。準備好你的硬幣，一起進入這個神奇的柑仔店吧！

樂讀456 057

神奇柑仔店1

帶來幸福的錢天堂

作　　者｜廣嶋玲子
插　　圖｜jyajya
譯　　者｜王蘊潔

責任編輯｜楊琇珊
特約編輯｜凱特
封面設計｜蕭雅慧
電腦排版｜中原造像股份有限公司
行銷企劃｜葉怡伶

天下雜誌群創辦人｜殷允芃
董事長兼執行長｜何琦瑜
媒體暨產品事業群
總經理｜游玉雪
副總經理｜林彥傑
總編輯｜林欣靜
行銷總監｜林育菁
主　　編｜李幼婷
版權主任｜何晨瑋、黃微真

出版者｜親子天下股份有限公司
地址｜台北市104 建國北路一段96 號4 樓
電話｜（02）2509-2800　傳真｜（02）2509-2462
網址｜www.parenting.com.tw
讀者服務專線｜（02）2662-0332　週一～週五：09:00~17:30
讀者服務傳真｜（02）2662-6048
客服信箱｜parenting@cw.com.tw
法律顧問｜台英國際商務法律事務所・羅明通律師
製版印刷｜中原造像股份有限公司
總經銷｜大和圖書有限公司　電話：（02）8990-2588

出版日期｜2019年 3 月第一版第一次印行
2024年 2 月第一版第四十五次印行
定　　價｜280元
書　　號｜BKKCJ057P
ISBN｜978-957-503-355-2（平裝）

訂購服務
親子天下 Shopping｜shopping.parenting.com.tw
海外・大量訂購｜parenting@cw.com.tw
書香花園｜台北市建國北路二段6巷11號　電話（02）2506-1635
劃撥帳號｜50331356　親子天下股份有限公司

立即購買 >

有聲故事書

國家圖書館出版品預行編目資料

神奇柑仔店1：帶來幸福的錢天堂／廣嶋玲子
文；jyajya 圖；王蘊潔 譯. -- 第一版. -- 臺北
市：親子天下, 2019.03
200面；17X21公分. --（樂讀456系列；57）
譯自：
ISBN 978-957-503-355-2（平裝）

861.57　　108000244